うつけ者

俄坊主泡界（にわかぼうずほうかい）

一 大坂炎上篇

東郷隆

早川書房

うつけ者　俄坊主泡界1

大坂炎上篇

もくじ

1 天下の台所 5
2 密　命 24
3 糸屋の娘 39
4 大塩交戦 58
5 妙海と泡界 72
6 一望千里 99
7 逃　亡 122
8 道楽坊 152
9 引き札遊び 170
10 能勢の一揆 188
11 銃撃戦 208
12 明け烏(からす) 230

登場人物

泡界坊……………浄海、俗名・集目（もずめ）清二郎。元医師見習い。洗心洞塾生
妙海………………泡界の師。三代目法界坊。御法度刷り物で世情混乱を企む老僧
梅原孫太夫………伊賀無足人。大坂町奉行所の傭われ密偵
大塩平八郎………元大坂東町奉行所与力。私塾洗心洞主人。天保八年（一八三七）二月、大坂で武装蜂起
内山彦次郎………西町与力。大坂城代の御用金も扱う立入（たちい）り与力。大塩の最も嫌った男
跡部（あとべ）山城守良弼……東町奉行。老中水野越前守の弟
千日前の小兵衛……四ヶ所（ししょ）の長吏（ちょうり）
ソメ権……………小兵衛の配下。梅原の手伝い人
木津屋与兵衛……禁裏出入りの商人
お遥………………与兵衛の一人娘
山田屋大助………能勢郡山田村の土豪。天保八年七月、一揆を起す
石切神社の嫗（おうな）……元信濃望月の老巫女

1　天下の台所

双葉屋と染め抜いた大暖簾を、頭で払って路上に出ると、夏の日差しが満ちている。

路上は、ざわついていた。

（みんな、着飾っていやぁがるなぁ）

桶運びの車曳きまでが、妙に小ざっぱりした仕事着をまとっている。

それをぼんやり眺めていると、宮詣でする商家の者だろうか、丁稚を伴に連れた小娘が、清二郎にちらりと眼をやって、含み笑いしつつ去ってゆく。

（小馬鹿にしやがって）

清二郎は改めて己れの姿を見返した。一応は夏物の浅黄小袖に、借り物の紗の夏羽織をまとっていたが、どちらもシワくちゃで、ひどく冴えない。

（結局は、見た目で人の懐ろ具合まで計りやがる町さ）

清二郎は、江戸弁でつぶやいた。ここに来て、最初に出会った町人から聞いた言葉が、

「この大坂は、全て本音で動きまッ。人の価かてそうや。着物脱いで、風呂に漬けて、垢ァ抜

いた貫目で計りまゝのや」

と言ったものだが、それが意味の無いただの町誇りに過ぎぬことは、すぐにわかった。

しかし、言い訳ではないが、この冴えない姿も、仕事明け直後では、仕方無いことだ。

生計(たつき)の道とて、二十日ほども長屋に籠り、やっと二冊の蘭書（オランダ和訳）を写し終え、懇意の摂津(せっつ)双葉屋に引き渡した直後なのだ。

風呂も満足に入っていない。月代(さかやき)も伸び放題である。

（最後は、三日徹夜だったからなぁ）

仕事の期限ばかりは厳格に切られていた。

懐ろには、その写本仕事の報奨、金一両二分が収まっていたが、

「どうせ俺の仕事も、好事家の手に入る時は、十両ほどになっているのだろう。この店は中抜きがでかいという」

『御城御用、書籍御取扱』と書かれた店の金看板を見上げたが、すぐに視線を外らした。

「えい、縁起(げん)直しに、鰻(うなぎ)でも食いにいくか」

声に出してみた。その言葉を口にした瞬間、急に全身、力が戻ってきた。

彼の独り言に、傍らを歩いていた飴(あめ)売りが驚き、あわてて離れていった。

清二郎の本姓は集目(もずめ)という。武州と上州の境あたりでは、さして珍らしい姓ではない。

家は代々川越の藩医をしていたが、父の代に藩内の内紛に巻き込まれ、扶持(ふち)を離れた。

一家は江戸に出て父は町医に、母は伝手(つて)を頼って下総古河(しもうさこが)一万石、土井大炊頭(どいおおいのかみ)側室付きの老

女となった。

清二郎は父の下で修業を強いられたがそれが嫌で、ある日、母親に甘えた。

ちょうど土井家が大坂城代（じょうだい）として赴任する時期にあたっている。清二郎は西国下り御行列の、お傭（やと）い医師お手伝いに母の口ききでうまうまと潜り込み、大坂へ出た。天保五年（一八三四）午（うま）の年三月のことである。

が、大炊頭が城代屋敷に着いた途端、お払い箱となった。お傭いでしかも士分ではなかったから、当然と言えば当然の扱いである。

まあ、この町も「鐘ひとつ、食えぬ日は無し」大都会だから、数日もせぬうちに清二郎は生活の道を見い出した。

初めは船場の生薬問屋で薬草の区分けから始めて、薬種の手控え書き。さらに進んで写本の仕事に手を染めると、意外にこれで日銭が入る。

近頃では居食も何とか足りて、月の代り目には、夕食に酒の一合も付けた膳が整えられる身分となったのである。


まだ日のあるうちに、と松屋町（まっちゃまち）筋を早足で歩いたが、人の波は途切れることがない。

辻をふたつほど越えて、清二郎は思い当った。

（俺も迂闊だな）

この日が天神祭の宵宮（よいみや）にあたっていることをようやく思い出した。

「ひねもす行（ゆ）きかふ人、引きもきらず、賑いは子細（しさい）いふ斗（ばか）りなし」

当時の大坂歳時記にも書かれている通り、毎年八月二十四日の天満天神祭り始めは、内も外も混雑を極める。

地付きの者なら子供の頃から心得ていることだが、悲しいかな清二郎は武州の産だから、とんとそこが抜けていた。

止めておけば良かったか、と臍をかんだが仕方無い。「つとや」と書かれた紺暖簾を潜った。中も混んでいたが、何とか階段下の隙間席に潜り込めた。ここは八盃豆腐と鰻が評判だが、なに清二郎風情が行き慣れている店だ。たいしたことはない。居酒屋に毛の生えた程度と言って良い。

板の間に籐編みの敷物と衝立てを幾つか立てまわし、壁も一面煤けた店である。

「つとや」を贔屓するについては、理由があった。ここが珍らしく江戸風の蒲焼を出すのだ。江戸育ちの清二郎は、西国風の頭付きで蒸しをしない鰻が大嫌いで、ここを見つけた時は歓喜の声をあげたほどだ。

店の先代は、上野国七日市藩主前田侯に従って大坂に下り、故あって料理人の職を解かれた後に店を開いたというから、清二郎と似た身上で、このあたりも好む所以である。

（しかし、困った）

衝立て一板隔てた向うでは四、五人の若侍が、論争しつつ酒を食らっている。その五月蠅さといったら無い。

席を替えてもらうことも出来ないから、

（早目に食って飲んで帰るか）

箸を取った瞬間、目の前の衝立てが飛んだ。

若侍の一人が、口論のあげく、それを蹴り倒したのだ。

「あ……」

流石(さすが)の清二郎も、これには顔色が変った。借り物の羽織の裾に、皿の汁がべっとりとかかっている。

若侍たちは争いを止めない。——というより、一人の若者を数人がかりで追い詰めていた。

一人が言う。

「それゆえ汝(われ)は、腑抜(ふぬ)けというのだ。侍の本領は、刀槍だ。それを何ぞや。種ヶ島なぞの肩を持つとは」

歯を剝き出し、わめいている。若造が鉄砲を種ヶ島などと古風に言うのも異様なら、この大坂で武張って見せるのも奇妙なことだ。

商都と呼ばれたこの町で、必要以上に侍風(かぜ)を吹かせる奴は、野暮(やぼ)の骨頂とされている。加番、大番で定期的に大坂城へ詰める諸職ですら、在坂の文化人と交流し、文事の人と評判をとることに懸命となる昨今だ。

(どこの馬鹿だ)

天神祭の期間中、城詰めの侍は札留(ふだどめ)となる。城内武家屋敷の出入りに用いる鑑札が止まり、禁足が申し渡される。日頃は城勤めで鬱屈している四千人近い武士とその従者たちが、この時とばかり祭り見物に出れば、市中は混乱に陥る。それを恐れての処置という。

だから、この場にいる侍姿の若者らは、札留と無関係な城外蔵屋敷の者か、大坂侍と呼ばれる町屋住いのごく低い身分の者に限られていた。

「おい、おめえら」

清二郎は、裾に付いた鰻の垂(た)れを手拭いで拭きながら、江戸弁でドスをきかせた。

「……少しゃ迷惑ってものを考えろ。みんな恐がってるじゃねえか」

あたりに顎をしゃくった。客の多くが巻き添えを恐れて席を立っている。逃げ遅れた者は、固唾をのんでこちらを窺っている。

「黙れ、こっちは武士の本領について論じとる。こ奴が足軽技の飛び道具を刀槍より上と抜かしおるゆえ、制裁を加えようとしとるのや。素浪人風情が口を挟むな。ド阿呆が」

清二郎の伸びた月代でそう判断したのだろう。酒臭い息を吐きながら下卑た西国訛で一人がわめき散らす。

しかし、阿呆と罵られて引っ込めば男がすたる。

「お手前ら、それを御城のお歴々の前で言えるかえ」

清二郎は口調を改め、それから一息吸い込んで言い返す。

「西御役所下宿(したやど)の大和屋庄兵衛(しょうべえ)が八朔(はっさく)に出す『御役録』(武鑑)に載る大坂御城代、両番所、東西の大番頭(おおばんがしら)から下僚に至るまで、御先手(さきて)の者はこれ全て鉄砲衆だぜ。今の合戦はそういうものだ。下らねえ田舎っぺえの物言いは止めとくこった。それから、若けえのを大勢で傷(いた)ぶるのもあんまり良い御趣向たぁ言えねえなあ」

立て板に水である。「田舎っぺえ」は、思わぬ相手の饒舌(じょうぜつ)に目を白黒させたが、すぐに気をとり戻して、

「ぬかせ」

と、拳で殴りかかって来た。清二郎は身をかがめて倒れている衝立の端を持ち上げ、その奴に向けた。股間にその角を打ちつけると、仲間の仇とばかり次に来る奴の腹に蹴りを入れ、続く奴が脇差を抜きかけたところ、再び衝立ての足で脛を叩き、顎を下から殴りあげた。

二人ほど無傷の者が残ったが、それらは完全に戦意を喪失している。

「おい、行こうや」

清二郎は、一人喧嘩を売られていた若い侍に声をかけた。それから、仲間を介抱している二人の侍に、

「衝立ての損料は出しといてやる。その他の壊した分は手前らでちゃんと払っとくんだぞ」

肩をそびやかせて店の外に出た。路上の賑いの中を行こうとすると、追って来た若侍が礼を言う。飲み直しをしきりに勧めるが、

「いや、このあたり、早く離れるにかぎる。喧嘩は勝った後が一番恐い」

清二郎は言った。

一方的に勝てば、気分が高揚しつつも敗者への同情心が生じる。多少の後めたさが、次の戦いで遅れをとる。

剣聖宮本武蔵も、それを「逆意(ぎゃくい)」と称し、弱気による返り討ちを招くもととした。

「あのような御手並を見せた御仁(ごじん)、何の恐れることがあるでしょう」

「江戸者は、一度気勢が削(そ)げたら」

そこら辺のガキにだって殴られ放題さ、と清二郎は笑った。

二人はそのまま道を南に下り、高津神社脇の小店に入った、そこで、差しつ差されつするうち、清二郎は若侍の身上を知って少々驚く。

大坂三郷で少しは知られた堀江町の唐物問屋、肥前屋三右衛門の次男で、平野幸助という。

「堀江の肥前屋さんといえば、御城代屋敷出入りの大店だ。その次男坊が、紋入りの夏羽織に細身の二本差しで平野姓とは、どういうこった」

「私が読書ばかりで一向店の手伝いをしないものですから」

父の三右衛門は先行きを心配し、

「禄取りにしてくれたのです」

売りに出ていた平同心平野家の侍株を買ってくれたという。

「役職は材木奉行方の小揚役人です」

帳付けの才を認められて、すぐに杖つき（小頭格）となった。同僚もこれ全て株買いの俄侍だから、商人仲間のようなものだ。

「いかにも浪花の話だな」

清二郎も礼儀とて己れの身上を語った。

今のところ仕事は書耕（筆仕事）と言うと、幸助は身を乗り出してきた。

「今まで、いずれの書物をお写しに」

「いろいろやったさ。初めは版木屋に渡すタネ本の下書きから始めて、ガキ向けの『四書五経』なんぞ山のように写したな」

木版が普及した時代だが、だからこそ筆で写した書籍をあえて揃えようという輩もいる。

「谷町代官の鈴木家から、『日本外史』と『通語』の写しを頼まれたのが、道の開き始めだ。初手は頼山陽ばかりだったが、そのうち中井竹山の『逸史』、山村才助の『采監異言』や『和蘭陀更紗』なんぞにも手ェ染めたっけな」

清二郎はくったく無く語ったが、山村の二書は当節、禁書の扱いを受けている。

数年前に起きたフォン・シーボルト事件に連座した、幕府天文方の高橋景保が愛読したのがきっかけで、この二書は公儀が回収にやっきとなっているそうな。

「艶書、御政道批判の本もそうだが、禁じられりゃ、人は読みたくなるもんさ。江戸じゃあ、御下知があれば皆、お恐れながらと版木もタネ本も差し出すが、大坂はそこがゆるやかよ。写本は、まずお見逃しの範ちゅうに入る。流石は蒹葭堂の生まれた土地柄だなあ」

町人ながら国内屈指の博物学者として名を馳せた木村蒹葭堂は、それより二十年ほど前に物故しているが、彼の作った学問の伝統は、今も脈々と大坂に息づいている。

「こうなると写本仕事も、危うい生計の道ですねぇ」

二人は差しつ差されつ語り合った。

……否、後から清二郎が思い返してみると、彼が一人よがりの耳学問を声高に語り続け、一方の幸助は、話題の糸口を引き出す役に徹していたように感じられる。

そうこうするうち、谷町正源寺の酉の刻を告げる鐘が鳴り始めた。

「おっと、暮六ツ」

清二郎は我にかえった。

「何か御用事が」

「いやさ、話収めにゃ良い頃合いだ」

シワだらけの羽織の裾を払って立ち上った。

「俺の住いは大融寺（たいゆうじ）裏の長屋よ。ちっと町から離れているから、足元が暗くなる前に」

と、その羽織の袖を幸助が摑んだ。

「ああ、何と」

幸助はいかにも残念といった口調で、

「かような学識豊かな方が、梅田あたりに埋もれて危うい写本稼ぎとは、いかがなものでしょう」

「梅田の田舎長屋は好きで住んでる。放っといてくれ」

「そつじながら」

幸助は居ずまいを整（ただ）した。

「……集目殿のようなる有為の御仁を、我が塾の師にお引き合わせ申したく。先刻よりいつ切り出そうかと迷っておりました」

それまで己れの学問についてはあまり触れなかった幸助の、唐突な申し出に、清二郎は顔をしかめる。

「俺はこの通りのがさつ者さ」

伸びた自分の月代を撫でて、

「学者先生の御説拝聴なんぞ、とんと出来ねえ奴よ、まあ止めとこう」

と答えてみたが、自分を見上げる幸助のひどく悲しそうな視線を感じて、言葉を継いだ。酔っていたせいかもしれない。

（無碍に断るのも何かなあ）

大店の、厄介者あがりの商人侍が、どのような学問の師に付いているのか、僅かに興味もあった。

（どうせ市井の学者だろう。気に入られりゃ、写本の仕事を下さるかもしれねえ）

「たしかに我が師は、学者ですが、その学問は並のものにあらず」

幸助は膝をにじらせた。

「我が師は知行合一の説を唱えて、常に世上の救民を座右の銘とする人でごわりまする」

言葉尻が商人口調になった。

「知行合一とは、あれかい。学を現世に即応し、世の人を救うためには手段も選ばねえという……」

「左様で」

幸助はまた商人風に答える。清二郎はしばし絶句した。

（そりゃ、陽明学の人じゃねえか）

中国明王朝の頃、王陽明が唱えた説を信奉する。我が国では学派としての系統は無いが、時に儒学者らは乱世の学として忌み嫌う。清二郎には、その「師匠」という人物に少々心当りがあった。

「言っちゃあ何だが、おめえさんのような物柔かい人が、陽明学を志すとはな」

「今日も今日とてその件で、他塾の者に因縁をつけられ、酒席に連れ込まれての嫌がらせでごわりました」

「身につけた物で何となく察しがつくぜ。あ奴らは谷町にある厚徳堂の連中と見た」

大坂市中の学塾に通う若侍は、刀の柄糸や髷の形を揃えて徒党を組む風がある。

「御明察でごわります」

「厚徳塾なんぞの儒学生が、目の仇にしている人物と言やあ、当節一人しか思い当らねえ」

幸助は小声で師の名を口にした。

「はい、大塩中斎先生」

「そりゃあ、天下の難物……」

清二郎は、絶句した。


情に流されたか——いや、うまく丸め込まれたと言うべきだろう——結局、その三日後。清二郎はその「難物」と対面することになった。

後から考えれば、これが躓きのきっかけだった。

その日、東天満の川崎東照宮裏、与力屋敷の建ち並ぶ一角に彼は出向いた。西の空に重く雨雲が垂れこめた、陰々たる午後のことだ。

玄関脇に大部屋がある、奇妙な造りの建物だった。屋敷の主が現役の与力であった頃は、同心や捕り方を籠めておく部屋でもあったのだろう。

そこに「洗心洞」の扁額を掲げ、書籍が積み積ねてあった。

洗心洞主人中斎こと、大塩平八郎がその中に埋れている。

向い合った瞬間、彼はその人物に圧倒された。端座しているため、正確にはわからぬが、身の丈は、およそ五尺六、七寸ほどもあろう。大柄な清二郎とほぼ同寸である。

眼細く吊り上り、鼻筋通る。年の頃は四十を幾つか越しているようだ。偉丈夫と言って良い。

ただし、息子格之助なる者に家督を譲って若隠居した後、髷を総髪にし、市井の学者風に作っている。

「大坂は天下の台所なり」

開口一番、大塩は低いが良く通る声で言った。

「家に例うるならば、玄関や客間にあらず。奥向きなり。しかし、台所の小事は家の煩いとなる。大坂に生じた異変は、即座に天下を揺がす」

文字にすると堅いが、西国訛だから幾分物柔らかい。

ちなみにこの大塩の言葉は、長く町民の中に伝わり、明治に入って『大塩』伝を著した伝記作家幸田成友が、その緒論に用いている。

大塩は続けた。

「江戸の者が商都と蔑む大坂にも、学を志す者は多い。されど、上の者が利をむさぼり、下が貧しさに手をつかねている当節。それを糺す真の学問は、ここでも不足している」

「先生は……」

と清二郎は、思わずそう呼んでしまった。

「なにかな」

話の腰を折られても、大塩は大様なものだ。これは失礼かなと清二郎は感じたが、かまわず言った。

「『君子の善に於けるや、必ず知行合一す。而して君子もし善を知って行なわずんば、即ち小人に変ずるの機なり』と常日頃、塾生に教えておられるとか」

「然り（その通り）」

これも大様にうなずく。

「小人になるを嫌われますか」

「然り」

大塩は朗々と答えた。

「……心大虚に帰すれば、即ち非常の事、皆また道なるを知る。故に妨げず」

大虚とは大空の事という。これが凝集して気となる。気が自由になれば、人は自然己れの信ずる道に進むことを得るという。

清二郎は、さらに重ねて問うた。

「つまり、政事正しかざる時は、非常の事を行うも、また是なりと先生は申されますか」

「然り、塾生にも日頃、そう教えている」

清二郎はこの答えに刹那、背に冷たいものが走るのを感じた。

（事至れば、力による世直しも辞せず、と言うか）

陽明学は、やはり恐い。と、清二郎は思った。が、逆に著しい爽快感もふつふつと腹の底から湧き上ってきた。

（代々公儀の禄を食んだ与力あがりが、ここまで言い切るとは立派だ。立派過ぎる）

清二郎を知る戯作者山東京伝が、後年彼を評して「その性、軽忽」と書いた。世慣れた風を装っていても、軽々しいまでの感動癖がこの男には有る。

次の瞬間、清二郎は畳に両手を付いていた。

「しばし、しばし先生の学裾（学問衣装の裾）に触れさせては下さりませぬか」

「集目氏は、よく書をお読みのようやな」

大塩は、傍らの団扇台を手ずから勧めると、自分も扇子を広げた。

「当洗心洞は、常に有意の士を求めている。ここで集目氏に対面叶うたは、ありがたいことや」

大塩は扇で口元を押えて一礼した。

「……当塾は、双手をあげて貴殿を歓迎する。これよりよしなに」

これも後で大塩が語ったことだが、小揚役人平野幸助の他数名は、大塩の内意を受け「有意の士」を探し歩いていたという。

谷野厚徳堂の塾生たちは、その動きが癇にさわって、あの日の喧嘩騒ぎとなったものらしい。

（やっぱりなぁ。平野も気弱な若造を装っていたが、裏が有りやがったか）

これだから大坂の商人あがりは油断ならねえ、と清二郎はひとりごちた。

が、一度塾に入ってみると、大塩個人が写本の仕事を定期的に与えてくれる。洗心洞も文武両道を看板にしていたから、武芸の指導に熱心で、清二郎はたちまちこの生活にはまった。

「儒学者は武を下に見るが、当塾は陽明学である。最新の武を学ばずして、非常の道を行うことかなわず。武に傾倒せよ」

講議の席でも、大塩は強く語った。

その表われが、大筒(おおづつ)の「丁打ち(まちう)」であった。大坂の学塾では商都らしく算盤(そろばん)、良くて撃剣を伝授する程度だから、これは異例と言うべきだろう。

たしかにこの町では、東西町奉行所、城詰めの定番侍は、御城警備のため小銃大筒の技を磨くことが義務づけられていた。

しかし、現役を退いた隠居学者の私塾が、大筒の演習まで許されているのは奇怪と思うべきであり、奉行所の中には、常々不審に感じる者もいる。

むろん、公務ではないので、大筒も個人装備なら、使用する火薬も塾の自弁であった。

これほどの兵器となると、演習の場所も限られる。

城方から許された試射場は、大坂の南、堺(さかい)の七堂浜(しちどうはま)と決っていた。その日になると、天満で分解した大筒を荷車に戴せた塾生たちが、掛け声合わせて住吉街道を南に走るが、これは当時、周辺の評判であった。

彼らが大和川河口の丁打ち場に着くと、あらかじめ浜に縄が張り巡らされている。城から検分の侍も出張(でば)っている。

物見高い堺の町人たちが、松林のあちこちで弁当を広げ、

「兄(あに)やん、景気良う放ってやぁ」

下卑た掛け声をかけてくる。彼らにとってこうした武芸の鍛錬も、時期外れの花火大会程度にしか見えないのであろう。

「おのれらの、楽しみに供するために丁打ちするのではないぞ」

調練参加者の中には、腹立たし気にわめく者もいた。それが梅原孫太夫という浪人の小倅だった。

小倅といっても、歳は二十三、四ほどだろう。もとは和泉国の某寺で、寺侍をしていたこともあるという埒（らち）もない男だが、どこで覚えたものか、森重（もりしげ）流の和式砲術を心得ていた。

こ奴が初めは清二郎の指導役であった。

しかし、砲の操作、特に砲の尾部に木片をかませて俯角（ふかく）を取り、遠方に命中させるには天性の勘というべきものが必要らしく、清二郎は数度の実射でそれを会得してしまった。

砲の遠射は、沖に廃船を浮べて行う。船上に角（かく）と呼ばれる標的を立て、射撃直前には、小旗を振りつつ雑役の小者が、

「放（はな）つぞう」

と呼んで浜を走る。点火すると、数発に一発は角を飛び越えて海上に高く飛沫（しぶき）をあげるが、そんな時、清二郎は装薬の布袋を切って中の火薬をひと握り浜辺にぶち撒（ま）ける。

「これで良い」

と放てば見事に着弾する。

また、当時の火薬は僅かだが天候に左右される。硝石、硫黄（いおう）、木炭の配合を変えねばならない。特に棒火矢（ぼうびや）と称し、砲口に装填する飛翔弾は、鉄粉や樟脳（しょうのう）に松の挽粉（ひきこ）を混ぜて燃焼速度を調整する。

こうした時、清二郎は町医の子だから、装薬の調合も適当に処置できた。

やがて指導役の孫太夫より彼の技量が勝ることは、誰の目にもあきらかとなった。

「洗心洞の筒当ては、あの新入りで持っとる」

浜で砲術見物する常連たちの間でも、評判となった。

さあ、こうなると、おもしろくないのが孫太夫だ。指導官としての面目丸つぶれである。

「あの江戸もん。兄弟子を虚化にしくさる」

と歯がみする程度ならまだ良い方だ。演習の手順を教えなかったり、砲術の操具を隠すなど、露骨な嫌がらせをし始めたが、これが他塾生の口から大塩に伝わった。

「火薬を扱う場での左様な行為は、命にも関わる」

大塩は孫太夫を叱責し、塾への出席を停止処分にした。

「柳営の茶坊主にも等しき女々しい振舞いや。破門にせぬだけありがたいと思え」

大塩は峻烈な言葉を口にしたが、その怒りには理由があった。

その頃の大塩は、洗心洞塾の武芸上達に並々ならぬ注意を払っていた。いや、焦っていたと言うべきだろうか。

即ち、正しかざる政事を糺す機会が間近に迫っている事を、ひしひしと感じていたのである。

この年、日本は大災害に見舞われた。俗に言う天保の飢饉である。

特に東国の農作物は大打撃を受け、時の老中水野忠邦は江戸における米価の高騰に悩んだ。

苦肉の一策として忠邦は、弟の大坂東町奉行跡部山城守に、西国米の買い占めと江戸への回送を、密かに命じた。

折りしも大塩は、息子格之助を通じて大坂の豪商たちへ、食に窮する下層民への援助を求めている。

「先(まず)下民の生活安定こそ、この国難を救う道」

と信じる大塩は、六万両の「お救い粥(がゆ)」代を集めようとした。が、奉行跡部はこれを嘲った。

そればかりか、彼の献策を、

「隠居与力の身で政治向きへのいらざる振舞い。汝の親に申せ。これ以上の差し出口をいたさば、強訴(ごうそ)の罪に処すと」

子の格之助を叱責した。

その間も、大坂近郷の村々からは、飢えにたえかね、市中に流れ込む窮民が増加する。道には餓死者が点々と転がるようになった。しかし、跡部は江戸へ回す米を確保するために庶人の買米まで禁止し、少量買いした者でも見せしめとして入牢させた。

米の値はさらに上った。利鞘(りざや)で荒稼ぎした商人らは、餓死者を横目に遊里で豪遊を繰り返す。ついに堪えかねた者が、米商人の店を襲撃したのがこの年の九月初めであった。

同じ頃、西国で集められた米の一部は船で江戸に向った。これが大塩の耳にも入る。伝えたのは、奉行所に潜む洗心洞塾の与力や同心たちだ。

大塩が驚いたのは、買米役として実際に兵庫の津で動いているのが、かねがね彼が「蛇蝎(だかつ)のごとく」忌み嫌っていた汚職官吏の筆頭、西町与力の内山彦次郎であった。

「あの姦吏(かんり)めが。かくなる上は」

実力を持ってしても、汚吏(おり)、悪商人を誅伐(ちゅうばつ)するしか無い、と大塩は思い固めたのである。

2 密命

大塩は、その年十月の朔日（ついたち）深夜。

息子の与力格之助を密かに呼び、初めて武装蜂起の計画をうちあけた。

「目標は奉行以下諸役人宅。それに癒着して利をむさぼる大店（おおだな）。買い占めの米を集めた蔵屋敷である。これらは、なまなかな手段では落せぬぞ」

格之助は聡（さと）い男だ。

「諸役人の屋敷は何ほどのこともありませんが、大店の土蔵を打ち破るには、やはり大筒がものを言いまする、父上」

と答えた。大塩は、手にした武具の一覧表に、ざっと目を通し、

「軽砲、鉄砲の数が僅かに足りぬ。硝薬も心もとない。ここひと月の間に、集められるだけ集めておくように。多少の質は問わぬ」

「具体的には、どのような戦いを」

想定しているのか、と息子が問うと大塩は、

「大筒の鉄球弾（むくだま）を、商家の大戸（おおど）にいくら射ち込んだとて穴が開くだけや。き奴（やつ）らに打撃を与えるには焼き打ちしかない。此度（こたび）は棒火矢が物を言うだろう」

「塾生の心きいた者に、製造を急がせます」

「一度、事が始まれば、一気呵成（いっきかせい）に行わねばならぬ」

大塩は虚空を睨んだ。その眼にはすでに、商家のことごとく焼け落ちる姿が浮んでいるようだった。

「おそらく慶長元和、大坂の陣以来の市中合戦となろう。東西町奉行所の手勢も押し出して来る」

「あちらも、大筒、小筒を揃えて参りましょう」

「あれらを完膚無きまでに叩きつぶすには、今以上の砲術習練と秘策がいる」

「この上にまだ秘策とは」

と問う格之助に、大塩は首を振り、

「それは我が胸の内に。今は伜の汝にも申せぬわ」

口をつぐんだ。

年が明けて天保八年丁酉。

清二郎が炒り子と焼いた角餅で関東風の雑煮を作り、一人わびしい正月を祝っていると、長屋の戸をほたほたと叩く者がいる。

(また窮民の物乞いか)

と、欠け餅を手に戸を開けてみると、案に相違して大塩邸の使用人太平だ。

「主人が集目様に火急の御用あり。御足労ながら」

という口上である。

(正月早々、何だ)

とりあえず古着の黒紋付を取り出し、太平とともに梅田を出た。

外は小雪のちらつく曇天（どんてん）だったが、大坂のことだ。まず降り積ることはないだろう。傘も持たずに背を丸め、二人は天満堀を渡った。

大塩邸の門前まで来ると、荷車の列が並んでいる。前掛けを締めた手代丁稚風の者が、書物の木箱を運び出している。

荷積みを差配していたのは、大坂でも知られた古書店の河内屋喜兵衛である。

清二郎は、写本仕事で、この店主とは面識がある。

「年の始めから、忙しいことですな、河内屋さん」

「これは集目さま。御生憎（おあいにく）の御天気でごわります」

「しかし、何事です」

「大塩中斎様、急に御蔵書処分とかで、かように参じましてごわります」

運び出す書籍の数量、ざっと数万冊という。

清二郎があわてて塾の通用口から中に入ると、書斎はがらんとしている。師の大塩が半ば放心状態で、壁際に座っていた。

「大事な書籍の御処分とは、いかなる仕義でしょう」

大塩は彼の問いには答えず、袂（たもと）から紙片を取り出した。

「お手前にしか頼めぬ話がある」

その紙片を、そっと清二郎の前に置いた。

「貴君は顔が広い。さだめし口の固い彫り師、刷り師も存じておろう。急ぎこれを」

刷らせるように、と言った。清二郎が広げてみると、

「『……金一朱。河内屋にて御支払い申すべく候……』、これは金券の原稿でございますね」

「うむ、くれぐれも内密に。刷り上ったあとは渡辺良左衛門の指示に従うように」

渡辺は東町奉行所の同心だが、洗心洞塾の中でも古参で、しかも切れ者と評判の男だ。

命じられた通りに知人の彫り師を訪ね、版木を彫らせると、刷りは清二郎自身が己れの長屋で行った。元々、小器用な男である。

これが数百枚刷り上ると、渡辺と二人して大坂近郊の村々をまわった。

渡辺は手慣れた調子で「刷り札」を村人に配り、こう言った。

「我ら洗心洞は、以前より窮民に米穀を喜捨して参ったが、此度はこれを配る。ああ、紙片だとて粗略に扱うまい。市中和泉町の本屋、河内屋に持って行けば、一朱に換金してくれるのや」

「これはありがたいこと」

飢饉で食う物さえ事欠く貧農らの中には、涙を流して伏し拝む者もいた。渡辺はさらに続けて、

「これに恩を着せるわけではないが、皆にひとつ頼みがある」

「へえ、何でも言うておくなはれ」

「近く天満のあたりで大火事が起る」

「へえ、火事が」

「火の手が見えたなら、ありあわせの棒、鎌など持ち、すぐにでも駆けつけて欲しいんや」

「それは、大塩様のおためになることでっか」

「左様な」

「喜んでいて参じます」

百姓らも何事か感じ取っている気配だった。

二人がこうして飢えた村々に金札を配るうち、月が変って二月となった。

大塩の屋敷には、洗心洞塾の主だった者が、集合した。

春先とはいえ、夜風が身に凍みる深夜。屋敷の雨戸に木の葉の吹き当る音が絶えなかったという。

大塩は、恵念寺の鐘の音に耳を傾けつつ、つぶやくように言った。

「来たる二月の十九日。申の刻（午前四時頃）を期して……」

少し黙した後、思い切るように、

「……かねてより皆に伝えし、知行合一の策を遂行する」

居並ぶ者は、身を固くした。大塩は、その塾生たちを、ずいとねめまわし、

「十九日当日、東町奉行跡部山城守、西町奉行堀伊賀守の両名は、恒例の市中見廻りを行う。二人は途中、この天満で休息することになっている。その時を狙い……」

己れの膝頭を拳で打った。

「二人を討つ」

「奸賊討つべし」

塾生たちは、声を合わせた。

同じ頃、清二郎は独り、軒先の破れ目から覗く月を仰いでいた。

夜空が見えるほどだから、そこは野外とさして変らぬ部屋だ。

借り物の、藁布団とは名ばかりのボロ袋を達磨よろしく頭から被っているが、腰のあたりは深々と冷えていく。

「たまらねえ」

と、清二郎は声に出してみた。もう何度厠に立ったかわからない。

ここは、土地の者が生玉さんと呼ぶ生国魂神社の森近く。洗心洞のある東天満からぐっと南に下ったところ。

数年前までは神人屋敷の広大な跡地だったが、昨近の飢饉騒ぎで在所を立ち退いた逃散百姓らが空地に住み付き、いつの間にか、その一角だけが貧民窟と化した。

(俺が人別置いてる太融寺の裏店もたいがいなところだが、それに輪かけて、ここはひでえ)

近所の住民は「別所」などと呼んでいる。こんな場所に籠れ、と命じたのも大塩だった。

蔵書約五万巻を運び終えた次の晩、大塩は再び清二郎を屋敷に呼んだ。

「書籍の代金六百余両は、河内屋に預けて窮民の援助にあてる」

「御奇特なこと」

「察しが良い集目君のことだ。もうわかっておろう」

大塩は胸を反らした。

「塾生たちへ事を明らかにするのは、明後日。今は息子格之助とお手前だけにこれを語る」

大塩の人体は変っていた。総髪を剃りこぼち、法体の学者風に作っている。

清二郎は、上目遣いにその坊主頭を眺め、

「私に、別しての任務を与える、と申されますか」

と問うた。大塩は坊主首を振った。

「堺七堂浜で鍛えた砲術の腕前を見せて欲しい」

「何処を狙いますか。大坂城の天守閣とか」

「辻講釈の、冬の陣でもあるまい」

珍らしく軽口を叩きつつ大塩は、傍らの布包みを取った。

「同じ砲術でも、筒口の小さい方や。決起に先立つ狙撃を頼む」

「ふうむ……」

清二郎の頬が、自分の意志と関わりなく、ぴくぴくと動いた。顔面から血の気の引いていくのが己れでもわかる。

「要路（重要人物）を狙うのですな」

「決起の邪魔となる者を、事前に取り除く。これ兵法の常道である」

大塩の声は冷たかった。

「主魁の跡部山城、堀伊賀の両奉行は、決起の者が公けの場で討つ。そうでなくては、道理がたたぬ」

大塩は、手元の布包みを解いた。灯火のもとに、黒々と輝く銃身が現われた。

「細身ですな。筒口も小さい」

「これは当塾備えの小筒のうちでも、特に精度が良い堺筒である。まず……」

銃を清二郎の膝元に押しやると、大塩は指を二本立てた。

「討つは二人。一人は西組（町）与力内山彦次郎」

これは、その肝を食ろうても飽き足りぬ、と日頃より大塩が広言してはばからぬ者だ。何の不思議もない。

「内山は卑怯未練の者ゆえ、我ら蜂起と知れば、いち早く身を隠すやろ。その前に」

「もう一人は」

「玉造口定番、坂本鉉之助」

「えっ」

これも清二郎は知っている。大坂城警備、定番四七〇人の内でも砲術の技量、並ぶ者なしと讃えられる男だ。

「我ら蜂起に至れば、坂本は城方一番手として、必ずや我らの前に立ちはだかる。事前に討ち取らねば、当方の被害は甚大なものとなる」

清二郎は、目の前の銃を見降した。

坂本は射撃の腕ばかりか、その人となりも温厚で、諸役人の間では評判が良い。

以前、清二郎も七堂浜で、この男に声をかけられたことがある。彼の角取り（目測）の巧みさを褒め、移動標的の見越し射ちに助言を与えてくれた。飾り気の無いその物腰に、清二郎は好感を抱いたものだ。

「もとより、坂本には何の恨みもない。しかし、決起の邪魔となるゆえ、取り除く」

大塩は、冷たく言った。

(これが日頃、民の幸いを説く陽明学の徒か)

為政者の側にあるとはいえ、坂本も民の一人に違いない。清二郎は僅かに解せぬものを感じたが、その場は黙って引き下った。

彼は洗心洞塾に通ううち、師の大塩の狂信的な部分と、それに抗って破門された門弟の姿を、何度も目にしている。


別所の破れ屋に入って三日目の晩がきた。

(塾の仲間も、長屋の隣人も、俺がこんなところに転がってるなんざ、夢にも思うめえ)

この場所を指定されたことについては、こう説明されていた。

西国米を江戸へ回漕する業務を行うべく与力内山彦次郎は、兵庫へ向う。当然、公用の船を用いる。与力屋敷を出て、御船蔵から乗船するのだが、困ったことに大坂には船蔵と称するものがふたつある。

ひとつは木津川沿いの寺島御船蔵。ひとつは安治川沿いの「川口」と呼ばれる船蔵だ。

ただし、僅かな示唆が無いわけでもない。内山は雑用の役として必ず「四ヶ所」と呼ばれる天王寺、道頓堀、飛田、天満の「長吏(目明しの首領)」を連れていく。

これらは刑吏とはいえ賤民の扱いだから、船に乗る時は東横堀川、道頓堀川にある専用の船着き場からしか乗船できない。江戸開闢以来、そういう仕来たりになっている。

すなわち、横堀、道頓堀の交わる場所に潜めば、内山を必ずその川沿いで捕捉できるのだ。

「き奴を射った後は、騒ぎになろう。小銃が使われたと知れば、奉行所のみならず、城番の中から鉄砲衆も出て周辺の探索が始まる。坂本も現われよう。そこを」

射て、と大塩は事も無げに言った。

（ンな筋書通りに、事は運ばねえや）

薦布団にくるまった清二郎は、くっくと笑う。思い出し笑いをすると、この劣悪な環境にいることを微かに忘れた。

（そろそろ飯刻だなあ）

朝晩の食事は、何とか運ばれてくる。これだけが、今や唯一の楽しみだ。

初め、口の奢(おご)った清二郎には、それが家畜の餌にも思えた。野菜クズが浮いた雑炊である。

それを運んで来る者も、得体の知れぬ小男の老人だった。

汚ならしい法衣をまとい、頭だけはきれいに剃りこぼっている。深いシワの間に、両の金ツボ眼(まなこ)が怪しく光り、老猿が願人(がんにん)坊主の格好を真似ているようにも見えた。

六ツの拍子木(ひょうしぎ)が鳴る頃、その猿紛(まが)いがやって来た。

どこで仕つらえて来るのか、湯気の立つ小鍋を下げ、建てつけの悪い破れ戸を足で蹴り開けて、

「じゃまするでぇ」

戸口の板きれをケバ立った畳に広げ、小鍋を置いた。

うっそりと起き出した清二郎は、鍋蓋を取ってその湯気に顔を付け、

「また同じクズ粥かい」

「文句言わんと食えや」

老人は、これも猿のように歯を剝いた。怒っているようだ。

「朝晩、粥では水っ腹で厠が近くなる」

「ぜいたくもんが」

「たまには、松屋町筋の鰻で精をつけたいもんだ」

「あほんだらあ」

老人は声をあらげた。

「何ぬかしおンね。この別所では、その鍋半分の粥も啜れず死んでいく逃散百姓が、ぎょうさんおる。太平の口ききで無うたら、今のひと言で叩き出すとこや」

そうか、この老人は大塩家の使用人太平の縁者だった、と思い直した清二郎。欠け茶碗に粥を取った。その温かさに、ほうと嘆息した。

「どや、温さも御馳走のうちやぞ」

たしかに、この野外と変らぬ部屋の中では、腹の内から温まるのは法楽だ。

老人は部屋の真ン中にごろりと横になっていたが、清二郎が箸を置くのを見計らい、

「おい」

「何かね」

「何か、やない。礼の代りにいつものアレや」

老人は自分の腰を叩いた。

「ちっ」

清二郎は舌打ちし、部屋の隅に食器を片づけると老人の腰を揉み始めた。ここに来た時からの、これが決りになっている。

「おい、医者くずれ」

目を細めつつ、老人は呼びかける。

「何かね」

「ここへ来て三日目やな。もう、里心がついたか」

「馬鹿にするな」

清二郎の揉み手に力が入った。が、老人はその強さが気持ち良いらしく、ほうほうと奇声を発した。

「医者は人の身体を知っとる言うが、お前はんは、揉みのツボをよう心得とる。そないな凶々しいもん捨てて、いっそ按摩上下十六文の笛吹いたら、どや」

部屋の隅に立て掛けた薦包みに顎をしゃくった。中には例の堺筒と弾薬の胴乱が入っている。

老人は背を反らせて清二郎の揉み手を移動させた。

「テンゴ（戯れ言）言うとらん。これは、助言や。わしも昔は陽明学の教えに傾いてな。今もこうして陰の手伝いするのやけど、ここにきて中斎の粗が少しずつ見えるようになった。あれは、理詰めでものを考えよる。そのために、現実の動きが時に見えんようになっとるわ。愚物と化した」

「愚物……」

仮にも大塩は師である。清二郎の指先にぐっと力が入った。

「痛たた、こら何すんねんな」

「我が師を愚弄すると、背骨をへし折る」

「わかった、わかった」

老人はケバ畳を叩いた。

「存外に荒っぽい奴やな。そういう性格やから、中斎も隠し玉に選んだのやろが、おまはんは純に過ぎるで」

老人は背を向けて座った。清二郎も今度は、その両肩を揉んだ。

「清二郎。おまはん、器用貧乏いう奴や。薬の調合もできれば、小難しい写本もこなす。テッポ射たせりゃ名人の域。刷り師の才もある。その上、人に好かれる。愛嬌あるから女子にかてモテるやろ。いや、これは褒めとらん。弱点や言うてる」

ずばりと指摘されて、清二郎の手が止った。

刹那の人為に打たれるとは、これかもしれない。清二郎は言葉を改めた。

「御老人、あんた、ただの、飯運びじゃあるまい。いや、大塩家の雑人太平の縁者でもないな。ずいぶん塾の内情にも詳しいようだ。しこうして、その憎まれ口。もしや、我が師と深くつながる人ではあるまいか」

「読みよるなあ。評判通り賢い。なるほどわしは、中斎とは、人目の無いところでは平さん妙海さんと呼び合うた仲や。あれが父親の後継いで、見習い与力の頃から知っとる」

迂闊ながら、この時初めて、清二郎は老人の名を知った。

「妙海……」

「そや、それがわしの名や。号は……まあ、あとで教えたる。何やったかな、ええと、そう、大塩中斎や。冷静な男やったが、ある時胸を患ろうてな。それから変人の道一筋や。それでも歴代の東町奉行は、中斎の才気を好み、その意見を取り入れた。ところが先年、老中水野の実弟、跡部山城が赴任するや、中斎の意見をとことん無視し始めた。あれが息子に職譲って隠居したのも、それが原因や。今や中斎は跡部憎しの念で凝り固まっとる。あ、もうええ、御苦労さん」

清二郎は揉み療治の手を止めた。

「何度も言う。そんなテッポなぞ捨てて、わしの弟子になれ」

「はあ」

「おまはんが、やろうとしていることは、決してうまく行かん」

「なぜ、そう断言なさる」

「洗心洞の動きは、奉行所に筒抜けや」

妙海老人は、恐るべきことをサラリと言った。

「塾生の中に、密偵が入り込んどる。与力内山の息がかかった奴や」

「証拠がお有りか」

「かくとした証拠は無い。けどな。内山彦次郎は、早や役宅から消えよったで」

清二郎は、身をひるがえして、壁際の薦包みに飛びついた。

「おい、どこ行く気ィや」

妙海は清二郎の袖口を摑んだ。

「内山を探す。討つ」

「無駄や。あ奴、今頃は中国路を歩いておるやろ。今から追うても間に合うまい」

「そこまで御存知か」

「内山いう奴は、能吏やぞ」

妙海老人は自分の袂に手を入れ、さも寒そうに身を縮めた。

「能吏は混乱に巻き込まれるのを、まず嫌う。大坂が驚天動地の騒ぎになろういうとき、内山にとって最良の策は、任務を口実に遠方へ逃れることや」

説得力がある。清二郎は、その場にへなへなと膝をついた。


後年、内山が書き残した『勤功書』（慶応大学図書館幸田文庫）によれば、大塩蜂起の五日も前に、早くも内山は変装して兵庫に向ったとある。

彼は跡部、堀の両奉行立ち合いで、大坂城代土井大炊頭より、米価高騰の元になる商人の取締りを命ぜられていた。伴の者は同心四人、四ヶ所の手先十数人。これらは目くらましのため、半数が海路を用いている。

即ち大塩平八郎による暗殺計画は、完全に裏をかかれていたことになる。

しかし、奇妙なことに内山は、これだけの情報がありながら、大塩に武装蜂起の兆候ありと奉行所には伝えていない。

さほどの騒ぎを大塩は起すまい、と嘗めてかかっていたか。はたまた自分の殺害計画に恐怖を抱いていたのか……。

3　糸屋の娘

天保八年（一八三七）二月の十八日から十九日にかけ、大塩の門弟たちは、装備品の最終点検を行った。

大塩も屋敷の広間に白布を広げ、大筆を振るって、

「救民」「天照皇大神宮」「東照大権現」と、三流れの旗印を書きあげた。

大筒に用いる硝薬の小分けも終えると一部を除いて、門弟たちを家に帰す。その後、屋敷に残った者は僅かに寝酒を飲み、早々と床についた。十九日未明の蜂起に備えるためである。当時の習慣では、日の出までが前日の計算だ。

ところが、その宵の口ともいうべき五ツ頃（午後八時頃）。大塩屋敷の裏門を激しく叩く者がいた。

渡辺良左衛門だった。この同心は決起を悟らせぬため、何くわぬ顔で奉行所の夜勤に出ている。

「何事だ」

大塩が生まあくびを嚙みころしながら尋ねると、

「我らの企みは、早や露見してございます」

渡辺は、奉行所で見たことを報告した。

「西町に宿直の同志武藤順之助は斬られました。奉行所は武具蔵を開放。非番の者を召集する使番も四方に放っております」

「やんぬるかな」

大塩は雨戸を拳で打ったが、すぐに我に返り、

「我らも同志を呼集せよ。先手をとって押し出す」

寝巻きの帯をくるくると解いて素裸になるや、用意の具足を身につけた。同時に、家の雑人たちに、市中の窮民と近郊の農村へ檄文を撒くよう命じる。

「すでに用意は終っている。決起が数刻早まっただけのことや」

このあわただしさの中でも、出陣式の「三献(さんこん)の儀(ぎ)」を行ったほど、大塩は落ち着きを取り戻していた。

門弟たちが陣笠、小具足に身を固め、火縄に点火して玄関先で待つうち、厩(うまや)から大塩の愛馬が索き出された。

槍持ちや弓持ちを従えた大塩が、玄関先に現われた。黒の陣羽織に黒革威(くろかわおどし)の鎧。兜はわざと被らず、坊主頭の剃き出しである。

ひらり、と大塩は馬上の人となると、屋敷の門を八文字に押し開かせ、

「これより義挙を遂行する」

金の采配を振った。

ガラガラと小振りな火矢筒が進み出た。

「軍陣の血祭り。まず、前面の屋敷を狙え」

大塩屋敷の前は、道路を隔てて朝岡助之丞というこれも与力の屋敷である。

「放て」

砲口に差し込まれた棒火矢が、炎の筋をひいて朝岡邸の門扉を突き破った。

これが、決起の文字通り嚆矢（こうし）となった。

黒煙があたりを覆い、屋敷町から人々が逃げ出て来る。この者らは、大塩の不審な動きを奉行所から伝えられていなかった。

「読み通りや。棒火矢は鉄球より効果が大きい」

大塩は、大坂中の豪商の店舗を全て焼き払うつもりでいる。与力屋敷討ちは、その火砲の威力を見る手段でもあった。

「よし、さらに一門は、右隣の小泉（こいずみ）屋敷屋根を狙え。木砲（もくほう）は、左隣西田屋敷の塀を破壊せよ」

大塩は、砲声で跳ねまわる愛馬をいたわりつつ、次々に命令を下していった。


いつものようにクズ粥を啜り、妙海の腰を揉んでいた清二郎のもとに、使いの太平が駆け込んで来たのは、戌（いぬ）の下刻（午後九時頃）だった。

「旦那様は、御門弟とともに御出陣。ただちに御陣に加わりますように」

「おれは、内山を捕捉できなんだ。この上は、中国路を下ってき奴を狙おうと思っている」

と清二郎が言うと、太平は頭（かぶり）を振り、

「内山殿の逃亡は、すでに旦那様も御承知。この上は、御決起の列に加わり城方の坂本一人（いちにん）を敵といたしますようにとの御指示で」

それを聞いた清二郎は、揉み療治をしていた手を止めると、懐ろから下げ緒を取って、くるくると襷(たすき)掛けした。壁際の薦包みを取り、中味を確める。

「おまはん、あれだけ忠告したったに、やはり行く気ィかい」

妙海老人が、あわてて起き上った。清二郎は、

「今は怯懦(きょうだ)の誹(そし)りを最も恐れる。中斎先生が如何(いか)なる心をお持ちであっても、我を頼られる以上、師の期待には答えねばならぬ」

侍言葉で言い返し、切り火縄を胴火（火縄入れ）に収めると、帯に差した。

「まったく、救い様のない阿呆やな」

妙海は舌打ちし、隣に立った太平は頼もしそうに清二郎を見上げた。

「御老人、俺にも一片の氷心(ひょうしん)というのがある」

この氷心云々(うんぬん)は、当時名高い農本学者大蔵永常(おおくらながつね)が語り、当時は書生の流行り言葉になっている。

「一片の拍子木(ひょうしぎ)やらタクワンやら知らんけど、どう止めても無駄のようや」

「そういうことだ」

頬(ほ)っ被(かむ)りして薦包みを斜めに担いだ清二郎。そのまま後も見ずに、荒ばら屋を飛び出した。

清二郎はやみくもに突出したわけではない。

戦場の情況が不明の時は、まず交戦音のする方角へ向え、というのが洋の東西を問わず兵法の常識だ。異国の奈翁(なおう)（ナポレオン）も上杉謙信も部下にそう教えている。

清二郎が東横堀川沿いに北を眺めると、天満方向に遠く火の手が見えた。夜道に跳び出して来た町民たちが、あれよと立ち騒いでいる。淀川を隔てた彼方の火事であるため、火の見の鐘も、ゆっくりと打たれている。

（蜂起の部隊も、直接町奉行所は襲うまい）

城近くは、守りが固い。まず船場あたりの商家を焼き、出て来た奉行所の兵を辻戦（市街戦）に引きずり込んで、各個に撃破する。それが兵力の少ない大塩方の戦法だろう。

（とりあえず、北船場の通りに潜んで、城方の動きを見る手だな）

長堀橋を渡り、堺筋。さらに北へ上って本町筋まで来ると、早くも荷車に家財を積んで逃げようとする商家の人々が、道にあふれていた。

避難する町民の、荷を狙った浮浪者の群も行き来している。これは凶器を抱えて歩く清二郎には、ちょうど良い目眩ましだ。

と、荷車の端に近づいた時、清二郎は声をかけられた。図体のでかい男だ。

「おう、兄やん。ここはワイらの稼ぎ場や。おゝどれ、どこの手のもんかい」

火事場泥にも縄張りがあるのか、と清二郎は驚いたが、ここで騒ぎを起すのも返って面倒と下手に出た。

「すんまへん。わし、生玉さん裏のモンでゝね。人に連れられて、ここまで来てしもて」

下手な地言葉で答えた。

「何やい、別所の逃散百姓か」

「いえ、辻芸人でおま」

「ほう、ならば、親方は誰や。天王寺か道頓堀か」

浪花ではヤクザ者の親分を、親方と呼ぶ。

「天王寺の小兵衛さんに鑑札貰ろてます」

これは内山彦次郎の手先だから、清二郎にも予備知識があった。

「ほう、小兵衛親方ンとこの雑芸人か」

すらすらと名が出たことで、火事場泥は少し気をゆるめたようだ。が、

「お前、けったいな訛があるな。ほんまもんの芸人かどうか、見極めたる。ここで何かやってみい」

あたりは避難民でごった返しだ。こんな中で芸を見せろというのだから、この火事場泥も変っている。

「出来へんやったら、稼ぎ場荒しと見て、これや」

図体のでかい男は、汚れた印半纏の間から、短刀の柄を露出させた。

「へ、へい、やりまんがな」

清二郎は、あたりを見まわした。本町筋には糸問屋が多い。目の前に、「御城御用、組紐御房飾」と彫った看板が下っている。

少し考えてから、傍らに打ち捨てられた木箱を叩いて、調子を取った。

〽大坂本町糸屋の娘、姉は十六、妹は十四、諸国大名は弓矢で殺す、糸屋の娘は眼で殺す

これは学者頼山陽が、漢詩の起承転結を門人に教える際に作った有名な戯れ歌だが、泥棒風情にはわかるわけもない。

「おもろいなあ」

「では、もうひとつ」

清二郎は、器用の上に性軽忽だ。手拍子を打って足を踏み鳴らした。

〽破れふんどしゃ　将棋のコマよ
角(かく)と思たら　金(きん)が出た
見ても温(ぬ)くそな娘と寝たりゃ
腰巻一枚　根っ子に突んぬけた
むやみに町出て宿借りすれば
濡れなき女の情がこわい
跡部山城　厠の按摩
下(しも)の方だけ揉みしだく

別所の隠れ家に籠っている徒然(つれづれ)に、やけくそで作った「阿呆陀羅(あほだら)」であった。火事場泥は、膝を叩いて笑いころげた。

「お前、ほんまもんやな。東町奉行を厠番とは。気に入った。奥へ来いや」

破れた商家の戸口へ差し招く。清二郎は、後について暗い店内に踏み込んだ。

入って直ぐの板敷は帳場だ。誰が灯したか燭台が一筋の光を放っている。

そこに五人ほどの男が、何かを囲んでいた。

「流石に大店やで。大事なもんは持って逃げたらしいが、箪笥(たんす)物入れには、まだ金目のもんがぎょうさん詰ってる。大塩さまさまやで」

「大塩」

泥棒の口から師の名が出て、清二郎は驚く。図体のでかい男は、そこにいた薄汚い小男を小突いた。

「おい、あの紙キレ、読んだれや」

小男は、引き札のような紙片を出して読みあげた。

「『天(てん)より被下候(くだされそうろう)。村々小前(こまえ)の者に至迄(いたるまで)』」

こ奴は少し学があるらしく、すらすら読んでいく。

「『……引続き驕(おごり)に長じ居(お)り候大坂市中金持の丁人（町人）共を、誅戮(ちゅうりく)および可申(もうすべく)……』まあ、なんちゃらかんやら言うてまっけど、大店の者は皆殺しにして、商品勝手に持ってけて、大塩は言うてま」

「なんだと」

清二郎は、ふんだくるようにしてその紙を見た。『救国救民の檄文』と表題が付いたそこには、たしかに「金持の貯置(ためお)き候金銀は勝手放題」と書かれている。

「そやから、この引き札持ってるかぎり、わしらも大塩一党や。得物は金銀だけやないで」

図体のでかい泥棒は、男たちの人垣を掻き分けた。そこに一組の男女が倒れている。男の方は朱に染っていた。

女の方は、色鮮やかな小袖の重ね着。髷は崩し桃形にしているから、未婚のようだ。

「このあたりでも知られた糸屋の娘や、この騒ぎで家のもんとはぐれたのやな。伴の手代らしいのと、道で右往左往してたから、当て身食らわしてここに引きずり込んだった。どや、芸人、べっぴんやろ」

「むう……」

清二郎は、うなり声をあげた。

「普段なら、手を触れることも出けへん嬢はんを、輪姦したろいうのや。まず、わしが初手をいただく。あとはみんなでクジ引いて順を決める。さっきの芸のお代や。お前も列の端に加えたる。ありがたく思え」

図体のでかい男は、清二郎の腹を平手で打った。固い音がした。それもそのはず、彼は弾薬入れを下腹に巻いている。

「おんどれ、何持ってくさる」

「お、親方ぁ」

先程の小男が気味悪そうに、清二郎の脇から離れた。

「こいつ、鉄砲背負ってけつかる」

清二郎は、薦に輪っそく（紐掛け）して銃を背負っていたが、その銃口が端から覗いている。

「お前、一体何もんや」

その時、外の火の見櫓の、半鐘の音が僅かに早くなった。

図体のでかい男が、下帯に差した九寸五分を抜こうと身をよじる。

清二郎も帯の背に隠し差ししていた短刀を抜いた。火縄切りに使う小柄同然の耳くじりだが、扱い慣れた得物は一味違う。

相手の喉あたりを切り裂き、逃げようとする小男の背中に刃を立てた。

飛び散る血に四人組は飛び退き、獣のような声をあげて逃げ出した。

「馬鹿野郎ども」

清二郎は悪態をつくと、燭台を引き寄せ、倒れている男たちの息を計った。火事場泥の親方と手下の小男、商家の手代はぴくり、ともしない。

着飾った小娘の、か細い首筋に指を当てれば、しっかり脈打っている。

「これ、娘さん」

揺り起すと、娘は切れ長の瞼をゆっくりと開け、息を溜めて悲鳴をあげかけた。

「ああ、静かにしな。ゴロンボ(破落戸)どもは追い払った。残りはそこに死んでる」

娘は再び失心しかけたが、清二郎はその白い頬を二度ばかり打って、気を立たせた。

「助けてやろう。お前さんの連れは、残念ながら息が無い」

娘は驚いて視線を泳がせたが、すぐに勾配の良い眉をあげた。

「手代の乙吉は、恩知らずや。長年、当家に養われし恩も忘れて……」

手代は前々から自分に懸想する素振りを見せていたが、このたびの避難騒ぎを好機と見たか、拉致を企んだという。

「どこかへ連れていかれる途中、悪もんたちが出て来て、その後は……覚えが有らしまへん」

もともと胆の座った娘なのだろう。一度怒りを覚えると、死骸を前にしても、もう恐れることはなかった。

「早くここを出よう。半鐘が擦(す)り半(ばん)だ」

早打ちの鐘が、火事の近いことを告げている。二人は死骸を踏んで戸外に出た。通りを南に逃げる人の波がある。先刻よりその数は増えているようだ。

「心当てがあるなら、そこまで送ってやる」

「ほなら、北御堂(きたみどう)（西本願寺津村別院）までお頼(たの)もうします。御霊社(ごりょうしゃ)の境内に店の寮がおます」

家の者は、そこに避難しているはずと娘は言った。

「北御堂なら、真っ直ぐ西だな」

幸い西への道は透(す)いている。

これも成り行きであった。ここで放り出せば、娘はまた同様な目に遭(あ)うかもしれない。町の火も兵火ではなく、火事場泥の付け火らしい。大塩勢が淀川を渡ってこちらに来るにはあと半刻（約一時間）、と彼は読んだ。

女連れで道を行けば、怪しまれる事無く船場も抜けられる。

娘は裸足であった。清二郎は、薦包みを前にまわし、娘を背に負った。未通(おぼこ)らしい、僅かに固い尻に手をまわすと、生あたたかい感触が指先に伝わる。

（これも法楽）

清二郎は本町筋を歩き出した。

大坂城代土井大炊頭は、乾櫓番の注進で事態を悟った。

「乾（北西）の方に火の手」

「何処かわかるか」

「天満東組与力屋敷の火事と覚えます」

微かに砲声のようなものも聞こえる、とその番士は言った。

就寝前の書見をしていた大炊頭は、急ぎ京橋口の備えを固めるよう命じた。

大坂城京橋門脇には巨大な焰硝蔵がある。叛徒がここを攻撃すれば、目もあてられぬ惨事となろう。

「東西両町奉行所は、何としている」

「使番が走りましたが、未だ帰城つかまつらず」

「これは失態であるぞ」

大炊頭は、納戸番に戎服（戦衣）を出すよう命じた。東町の跡部山城守からは、大塩の「暴発」近し、の報告を得ていた。明朝、卯の刻（午前六時頃）をもって大塩を捕縛し、動かぬ証拠を押さえるという彼の行動に、裁許を与えたのも大炊頭である。

「奉行所には大塩の信者が多く潜むと聞いていたが、これでは我らの動きは筒抜けである。かまわぬ。これより奉行所の者は、一人たりとも城に入れるな」

城中の侍千四百六十余人と、その家族は全て武装して、城に至る橋を守れと矢継ぎ早やに命じ、湯漬けを運ばせた。

天満にあがる火の手を見て猛(たけ)り狂ったのは、大炊頭ばかりではない。近郊の村々に暮す窮民たち、特に西は福島、曽根崎、東は淀川を隔てた中野や野田の村民は、かねて大塩方から金一朱ずつ振舞われ、

「火の手があがれば集う」

と約束を交していたから、鎌、鋤鍬(すきくわ)の柄を構えて次々に天満を目差した。

与力町の自邸も焼き払い、天満の堀沿いを進む大塩勢は、堀の西詰めで足を止める。そこに大塩の息子格之助が走り寄った。

「父上、味方の百姓衆が合力(ごうりき)に現われました」

と報告する。

大塩は小手をかざした。野良着に鉢巻、この寒空に上半身裸体の者などが、歓声をあげて駆けつける姿が望めた。

「来たか」

大塩は群衆の前で馬を降り、路上に積み上げた酒樽の上に昇った。

「先日来、父母妻子家内の養い方出来難きほどの難渋者(なんじゅうしゃ)へ金札取らせ候あいだ、いつにても市中に騒動ありと聞き伝えれば、里数(りすう)を嫌わず一刻も早く駆け参ずべく候事、この大塩感涙の至りに候。此度一揆の目的は、民の地獄を脱し、政事を神武帝(じんむてい)御政道の頃に戻し、天照皇大神の御望みに適う風俗一洗相改(いっせんそうかい)を目差すものに候えば、この義挙に逆らう諸役人商人ども、己々の得物にて不残(のこらず)打殺し申すべく候」

朗々と語ったが、そこに集った人々には彼の言葉の、その半分も理解できなかった。

が、この演談には注目すべき部分がある。大塩は自らの理想社会を、神武天皇以来の古代に求め、伊勢の天照大神、即ち日本神道を信仰の基としていたのである。陽明学者でありながら大塩には、国学（尊皇）による民の幸福実現という思いもあった。

しかし、彼にはこの時点で、倒幕という観念は希薄だったという。奸吏奸商の排除が、幕政を善良な道に戻すものと信じきっていた。

集って来た窮民どもには、大塩の心情など毛ほどもわからない。市中に繰り出せば、暴行略奪のやり放題と踏んで参加した欲深か者ばかりだった。

「格之助、人数は」

「決起の百名が、三百余に増えました」

息子は大摑みに読んで言う。

「されば、使えそうな者に手槍を配れ。屈強な者は大筒の索き役にせよ。足弱（あしよわ）（女性や子供）には石を拾わせよ」

大塩は再び馬上の人となった。

東町奉行跡部と西町奉行堀の両名には、市中の暴徒鎮圧に全力を注げとの厳命が下った。同時に、城代土井大炊頭が、大坂周辺の淀や高槻（たかつき）、尼ヶ崎の諸藩に援軍を求めたことも伝えられた。

諸藩の兵が大塩の首級（しるし）を先に得れば、老中の実弟たる跡部の面目は丸つぶれである。

「奉行所の者は、公事役物書き、川役、材木の同心に到るまで非番の者、武装して集うべし」

非常呼集したばかりか、白洲に集めた役人の中で、僅かでも洗心洞塾とつながりある者は両刀を取りあげ、容赦無く拘束した。

これにより、大塩勢に情報を伝える者は皆無となった。

大塩の手足として活動した材木方小揚役人の平野幸助などは、真っ先に奉行所御米蔵裏の牢へ放り込まれた。

「同じ役職の者に何たる振舞い。私しゃ洗心洞に身寄りが通うていただけのつながりや。ここを出して下され」

情無い声をあげる幸助へ、牢同心が格子から六尺棒を差し込み、

「静かにせんかい、ソロバン侍。御奉行の御吟味が済んで、白と決ったら放免さしたるわ」

それまで隅に転がっとれ、と小突きまわした。日頃商人侍と見られていた者は、牢での扱いもこんなものである。

入牢の憂き目に遭ったのは、幸助ばかりではなかった。

言われた通り牢の隅にいると、同じ材木改めやら淀川堤見廻りやら、軽輩の者が次々に入って来る。

「や、御同役もこちらに」

「お互い災難でございますなあ」

黒紋付の者たちは、物腰柔らかく挨拶を交しては、牢の中に膝を繰り合わせる。皆、並の侍より落着いていた。このあたり、商人侍の真骨頂といったところだろう。

(こ奴ら、中斎先生とは薄い付き合いやから、すぐに放免と、安心してくさる)

牢は一応揚屋（あげや）（侍牢）で、琉球畳が敷かれていた。そのケバ立ったところを爪でむしりながら幸助がいじけていると、格子の前の通路を数人の男たちが、足早に歩いていく。

牢番に付き添われているが、その者には縄がついていない。

（梅原やないか）

森重流砲術使いの塾生、寺侍あがりの梅原孫太夫であった。

（ンにしても妙やな）

奉行所関係者しか入れぬ揚屋に、浪人身分の者がブチ込まれるわけがない。

幸助は用心深く顔を伏せて、孫太夫の衣服を見た。御納戸（おなんど）色の小袖に立っつけ袴。どちらも埃だらけで、長旅からの帰還を思わせる。

（高飛び先で捕まったか。けど、それにしても落着いてる）

幸助の視線を浴びているとも知らず、孫太夫は裏口から出ていった。

町奉行所の御米蔵牢は、塀一枚隔てて御材木蔵になっている。巨大な林木溜めがあり、東側の淀川に堀でつながっている。

孫太夫と侍たちが堀脇に控えていると、そこに小船が入って来た。

船には小具足姿の男が乗っている。

東町奉行跡部山城守良弼（よしすけ）である。跡部は大儀そうに船を降りると、片膝を付いて待つ孫太夫の前に立ち、配下に、

「人払いを」

と命じた。痩せて神経質そうな人物である。顔が異様に長く、小鼻が張っている。実兄の老

中水野忠邦は美男で通っているが、この弟の馬面は瓦版でも嘲笑のネタになっていた。

「して首尾は」

馬面は、何の前置きも無く孫太夫に尋ねた。

「飛脚は……」

孫太夫は、低い声で答えた。

「なかなかに手練れの者ゆえ、数日間追わざるを得ず、東海道は三島宿の手前でようやく」

「そうか」

跡部は表情を動かさない。

「確実に殺ったのだな。して、所持の文書は」

「それが」

孫太夫は口ごもった。

「どうした」

「飛脚は二人組。その主たる者は短筒で殺しましたが、従属の者が文書を持ったまま」

「逃げたとな。失態である」

跡部は吐くように言った。孫太夫は、あわてて片手を上げ、その苦言を止めた。

「御懸念には及びません。その者にも深手を負わせました。場所は名にしおう箱根の山中。おそらく峠も越えられず、今頃は、その者、文書もろとも朽ちておりましょう」

「左様か」

跡部は多少解せぬ面つきであった。が、すぐ表情を戻し、袖口から紙包みを取り出して、孫太夫の前に投げた。金子だろう。

「帰坂して早々なれど、事態は急を要している。疾く町に出て、大塩の暴挙を止める手伝いをせよ」

と命じた。孫太夫は包みを懐に収めた。

「して、何をすれば」

「汝が良いと思うことをせよ。大塩を狙撃するも苦しからず」

それだけ言うと跡部は、孫太夫と語り合うのがさも汚わしいといった風に顔をそむけ、堀割りに待たせた船へ戻っていった。


始めは柔らかい尻の感触に、悪い気もしなかった。が、本町筋は、とにかく長い。数町も歩くうち堪えがたいほど腕に痛みが来た。

「すみまへんなあ。かんにんしとくなはれ」

口ではそういうが、背中の娘は清二郎の背で、僅かにはしゃいでいるようであった。

これが大店の嬢はん、という奴だろう。

（まぁ、おれが担ぐと言い出したのだから）

清二郎も、これは意地である。背負った娘ばかりではない。首の前にまわした火縄銃の重さは、細身ながら二貫五百匁（一貫は約三・七五キロ）。

ようやく、本願寺の長塀に沿って二町ほど上ると御霊社の森が見えてきた。

「あそこが、ウチの寮や。あ、お父はんたちが門前に出てはる」

揃いの印半纏を羽織った男たちに、老いた商人風の人物が、あれこれ指示を与えている。

「うちを探さはってるのや」

家族の姿を見たせいだろうか。娘は急に舌っ足らずの口調になった。

「うちの恩人サンを、お父はんにお引き合わせ、せな。どうぞ来とくれやす」

「いや、おれにはまだやることがある」

娘は切れ長の目で、じっと清二郎を見返した。彼女も馬鹿ではないから、清二郎が持つ薦包みに、とんでもないものを潜ませていることを、すでに心得ている。

「この御恩、決して忘れしまへん。うちは本町二丁目木津屋与兵衛の娘で、遥と申します。当家は京の有職仕立てにも連なり、通称を『糸善』とも申し、御城御用並びに町役も勤めおります」

日頃から言い慣れているのだろう。娘は己が身分をよどみなく述べた。

「それは名代のお店だ」

清二郎は、そこは礼儀として名乗りぐらいはすべきか、と一瞬思った。が、今から先は天下のお尋ね者になるやも知れぬ身だ。

下手に名乗って、大坂三郷で評判の名店に疵がついても事だ、と思い直した。

「すでに薄々、わかっておろう。おれは、この騒ぎを起した天満の元与力に荷担する者。名は……生玉の粥太郎と申しておく」

「通り名でしょうか」

「そうだ、親はそんな馬鹿な名をつけぬさ。ほら、親御がこちらに気づいた。早く行ってさしあげろ」

娘の肩を押した。彼女は裸足のまま、父のもとに駆け出していく。

清二郎は、闇を透かしてその姿を確めた後、

「ははは、糸屋の娘は目で殺す、か」

と笑い、闇の中に走り去った。

4 大塩交戦

浪花の町民が大川と呼ぶ淀川は、大坂の北辺を舐めて流れる。

現在は大規模な河川改修のおかげで、大部分の水流（新淀川）も、そのさらに北を直進しているが、当時の主流は大坂城の北西で蛇行し、天満の南岸を浸し、中ノ島、堂島川ふたつの中洲で分岐する。この時、川の名も堂島川、土佐堀川と変る。

中洲のまわりには諸藩の年貢米や特産物を収める蔵屋敷が密集し、そこの米は堂島の市で取引きされて、諸式の値も定まる。

大坂が「天下の台所」と呼ばれる所以である。商人の町は、この南側に大きく広がっている。

「（江戸は）百万の市民のなかで五十万人が武士であった。大坂では六、七十万の人口の中で武士といえば（中略）ざっと二百人程度の数であった」

後世そのような記述があるが、これは作意に過ぎない。たしかに東西両町奉行所の人数は与

力六十騎（ここに大塩も入っていた）、同心百人、これに設雑役を混えて二百余だが、大坂城と、市中に暮す約八千人近い武士身分の数には触れていない。当時、この町の町人は四十二万。そこに飢えた窮民が五万人近くも流れ込んでいたけれど、決して少ない比率ではないのである。

大塩は僅か三百ほどの手勢で、この数の武士団と戦うつもりでいた。

おそらく彼は、必敗を予想していたであろう。しかし、いったん合戦を始めたからには、出来うるかぎり敵に打撃を与えなければならない。

大塩が旗を上げた天満の役宅は、淀川が蛇行する北にある。市の中心部へ至るには、この流れを渡らなければならない。

ここには、天満橋、天神橋、難波橋の三橋が掛かっている。対岸は北浜と称し、豪商の鴻池（こうのいけ）、平野、米屋、三井などの店舗が軒を並べていた。

このような非常時、奉行所では川の橋板を外して通行を止めるのが慣わしであった。が、しかし、橋改めの同心が大塩方に加担し、橋番そのものが早くも逃亡した結果、蜂起勢は楽々と難波の大橋を渡った。資料によっては、大塩の主力は橋板を外した天神橋を渡って対岸の道修町（どしょうまち）に進んだ、と書くものもある。一帯は諸国に知られた船場の町。大店が固く大戸（おおど）を降している。

この大戸は、厚さ数センチの固い板戸で、上下に上げ降しをする。その内側にはこれまた固い格子戸と雨戸が納まっていた。店によってはその支え柱も漆喰（しっくい）で塗り固められており、掛け矢（大づち）、鉞（まさかり）では打ち破ることができない。大坂の大店表見世（みせ）は、田舎城の城門も顔負けの防備を誇っていた。

洗心洞塾が身分不相応なほどの大筒を揃えていた理由がこれであった。

船場と道修町の角に馬を進めた大塩は、あたりに門弟らを折り敷かせ、ひらりと鞍から降りると、

「天狗筒をこれへ」

ガラガラと索き出されたのは、二つの木輪と索き手の長い車載の小砲である。台の上に乗ったそれは、砲尾の木部が長く、砲身といったら僅か一尺ほど。まるで玩具のようなものだ。

しかし、これは鉄弾を放つ砲ではない。

「大火矢を填めよ」

装填は簡単だ。砲口から布に包まれた黒色火薬を詰め、金属製の羽根が付いた太い矢を挿入する。矢の先は鉄の皮が被せてあり、火縄が巻きつけてある。

「良う候か」

大塩は重々しく問うた。

「良う候」

砲尾に口火薬を注いだ鉢巻姿の男が答えた。これは、埋田源左衛門なる浪人。砲術家としては集目清二郎より僅かに腕が劣るが、この者が蜂起以来、砲撃の責任者だった。

「放て」

火索と呼ばれる火縄付きの棒が、砲尾に当てられた。火門から三尺近くも上に火が上った。

砲腔内の火薬に引火し、棒火矢は炎の筋を引く。火矢は、ひと際大きな店舗の大戸に突き刺った。

そこは、兵庫の豪商北風荘右衛門の船場支店だった。北風は大塩が憎んだ内山に協力し、買米を江戸に送った「悪徳商人」の一人に数えられている。

「流石に廻船問屋だ。店が船造りになっておるのか」

大塩は、ぺっと地に唾を吐き、

「棒火矢をさらに一筋、馳走せよ」

「良う候」

埋田は落ち着いて棒火矢を塡めた。

「放て」

という声と同時に、火矢は初弾と同じ位置に命中する。衝撃で破れかけていた大戸に、ようやく大穴が開いた。

中で棒火矢が跳ねまわっているらしく、切れ切れに炎が吹き出てくる。

「よくやった。続けて焼け。向う三軒両隣も灰にせよ」

他の砲に取り付いていた洗心洞塾の門弟たちが、発砲を開始した。

砲声が収まり、あたりを硝煙と黒煙が覆うと、それまで後方で伏せていた窮民の群が、道にあふれた。

「大戸さえ破れたッなら、こっちのもんや」

「破れ目から手ェ突っ込んで、金目のもの奪うたれ」

火の手に猛り狂った群衆が、松明や竹槍を手に店へなだれ込む。

屋根に昇って瓦を落とす者、逃げ遅れた店の者に暴力をふるう者。大通りはたちまち阿鼻叫喚の地獄と化した。

その頃には、大塩と砲術組も、隣の平野町へ進んでいた。豪商平野屋から暖簾分けされた小店に放火を開始する。

西町奉行の堀伊賀守利堅（としかた）率いる鎮圧勢は、ようやく上町（かみまち）から出て、横堀川を西に渡り、瓦町に達した。

北からは興（さか）んに砲声が聞こえてくる。

「兵を一町ほど進めよ。大路にある荷物を積ねて、淡路町に保塁（ほるい）を築け」

堀は命じた。彼の馬側を固めているのは、全て奉行所配下の同心衆で、鉄砲を装備している。

「見敵即倒（けんてきそくとう）。賊徒と見れば、容赦なく先に放て」

「大塩たちは、奉行所役人と同じ装束をまとっておるぞ。味方と見えても、北浜から下ってくる者は、かまわず討て」

不安を隠すためか堀は、次々に使番へ命じて、口元の唾を拭った。

このあたりまでは、奉行としてまず上手来の行動である。

騎上のまま彼は、瓦町のあたりに伏せている味方の兵を巡察し、しばし馬を止めた。

そこに竹槍を構えた一団が現われた。土煙と火炎がその背後に見える。

「奴らだ、射（う）……」

と采配をあげた。と、配下の一人が、気忙（きぜわ）しく鉄砲の火狭みを落とした。

見敵即倒と命じていたから、この行動には何も問題はなかろう。しかし、放ったのが堀の乗馬の耳元だった。

馬は銃声に驚いて竿立ちとなり、堀を振り落した。

「あ、御奉行がやられた」

誰かが叫んだ。すると、そこに伏せた奉行所の者、雑人、弾單笥を担った小者までが、

「逃げろ」

潮(しお)が引くように通りから消えていった。

「待て、逃げるな」

落馬の痛みで足をひきずりながら、配下の後を追った堀は、仕方無く知人の商家を尋ね、そこで「休息」した。


避難民を掻き分け、時には路地の塀を突き破って真っ直ぐ東に向った清二郎である。

とにかく、銃声、砲声の聞こえる方角へと急いだ。

瓦町から淡路町に向う道筋に、千切り餅屋がある。京の八坂(やさか)の餅屋とそっくりな焼き餅を売るが、京店が、

「二本刺しして柔(やわ)らこう」

と謡われているのに対し、こちらは主人が侍嫌いを売り物にして、餅を平皿に盛る。

その店は打ち壊しで見るも無残な有様だった。清二郎は人のいないことを確め、二階に上った。雨戸の間から路上を見ると、武装した男たちの列が目と鼻の先にある。

東、という印の付いた陣笠の間に、玉という文字の袖印を付けた男たちも見える。

（東印は東町、玉は玉造口城番の同心か。わかり易いな）

清二郎は舌なめずりする。

大塩方と鎮圧方の衝突する場所がこの辺り。城方の主力もここに陣を敷く、と読んでいたのだ。

「坂本鉉之助、一発で仕止める」

何の恨みも無い者を射つ後めたさで、ともすると萎(な)えそうになる心を、言葉にして自分を鼓舞した。

と、店の下を警備していた奉行所役人が、不審そうに二階を見上げた。

（聞こえたか）

あわてて清二郎は雨戸の陰に身を隠した。幸い見つからなかったのか、その役人は行ってしまった。

（危うかった）

それにしても、店も無人で、これも幸いだった。もし、逃げ遅れた者がいたのなら、縛りあげるか、最悪密殺せねばなるまい、とまで清二郎は覚悟していた。

待つうちに、馬の嘶(いなな)きが高く聞こえた。騎上高位の者がやって来るようだ。

清二郎は、す早く腰の胴火筒を抜いて、火口(ほぐち)を取り出す。

部屋の中に火縄の焦げる臭いが広がった。すでに銃身へ弾も口薬も塡めてある。ひと吹き火縄の先を吹いて、火狭みにそれを狭んだ時、階下に人の気配を感じた。

（感付(かんづ)かれたか）

銃口を階段に向けた。

（射つか。いや、昇り口から顔を出した刹那に……）

刃物で刺すか、と帯に手をまわした時、上って来た者が、

「しっ」

と鋭く言った。

唇へ人差し指を当てたそ奴に、見覚えがある。

「梅原……孫太夫さん」

一時は兄弟子とも仰いだ洗心洞の砲術仲間だ。敬称をつけた。

「どうしてこちらに、参られました」

一応は敬語を使って問うた。孫太夫は、にっと笑った。

「武道不覚悟やな、集目君」

清二郎が構えた銃の火縄を指差した。

「ここの二階雨戸から火口が光っとった。薄く煙の上っているのも見えた。誰が籠っとるのやろ、と昇ってみれば此はいかに」

大和方言だろうか、妙な西国言葉で言う。

「ま、もっとも路上の兵は前方の敵を注視しとる。菓子屋なんぞの、二階の火縄に気づくモンは、まずわし以外に居らん」

孫太夫は己れの眼力を誇った。

「もしや、何か。これは中斎先生の密命かいな」

「……」

清二郎は答えず、指先で火縄の灰を弾いた。

「言わんのかいな。まあ、良い。ほれ、あそこに」

孫太夫は顎をしゃくった。先程の嘶きはこれだろう。目下の通りに騎上の者が現われた。馬側に、御持筒の者、槍持ち、馬印（うまじるし）持ちを従えている。馬印は四半旗（しはんき）。紺地に白抜きで東の一字。

「東町奉行、跡部山城守直々の御出馬や」

孫太夫は、懐ろから短筒を取り出した。火縄も出して、清二郎の火狭みから自分のそれへ火を移す。

「これは大手柄になる。射つべきやな」

清二郎は、これにも無言である。視線だけは路上の人物を追うが、銃を構えようともしない。

「おや、敵の首魁（しゅかい）を討つ好機を逃すか」

孫太夫は、感心したように言う。清二郎は銃を構えず、目だけは跡部の背を追った。

「何ぞ他に狙いがあるのやな」

「少し黙っていてもらえぬか、先達殿（せんだつどの）」

煩わしくなった清二郎は、ついに怒声を発した。

「これ以上何か申せば、この銃玉はお手前を撃ち抜く」

「おやおや、怒ったかい」

孫太夫は、芝居がかった素振りで身を震わせた。戯（ざ）れている。

清二郎は、徐々にこの男へ殺意が芽生え始めた。

（殺すか）

もともと塾内で、自分を貶めようとした奴だ。少しは恨みも残っている。

と、戸外が再び騒がしくなった。通りの北で鬨の声があがる。

ついに大塩勢の先鋒が、現われたのだ。砲光が輝き、千切り餅の看板が四散した。

これは棒火矢ではなく、鉄弾だった。路上の保塁に伏せた奉行所の者は、悲鳴をあげて後退した。

健気に銃を構えているのは、袖印を付けた玉造口の定番ばかりだ。

（居る。坂本鉉之助は、必ずここに）

もう孫太夫に構っている暇はない。雨戸の隙間から、定番の列を見まわす。

陣笠を着けた兵たちの間に数人、奇妙な頭巾を被った者がいる。陣笠の縁に火縄の端が当るのを嫌うているからだろう。装薬量の多い銃を扱う者に違いない。

（あのうちの一人か）

すでに卯ノ刻（午前六時頃）は過ぎていたが、曇り空と硝煙で視界はぼやけている。

（どれだ、どれが坂本だ）

眼を凝らすうち、大塩方の第二弾が、保塁の荷車を粉砕する。

玉造口の兵士たちも一部が後退するが、中の数人は商家の格子沿いに前進を始めた。

この騒ぎの元凶たる敵の大筒をつぶそうという腹だろう。

（居た！）

十匁（じゅうもんめ）筒と思われる太い侍筒（さむらいづつ）を構えた小具足姿の男が、真っ先に進んで行く。その後に、赤い頭巾の男が左右に気を配りつつ続く。

（前を行く者が坂本だ。見間違うはずはない）

銃身を雨戸の桟に置き、火縄の先を口で、ふっと吹いた。火蓋を右手の親指で弾き、息をつめる。

（焦るな。ゆっくりと引金を）

寒夜に霜の降るごとく、静かに引金を落とすのが必中のコツだ。

「南無」

思わずつぶやいた。

と、その時、部屋中に銃声が轟いた。

彼の銃ではない。瞬間、上体に何かが突き抜ける感触があった。

清二郎は信じられぬものを見るように、自分の胸元を見た。まるで熱した火箸を刺し通したような気分だった。しかし、不思議に痛みが感じられない。

視線の端に、無表情でこちらを見る孫太夫がいた。その手には、残煙を吹く短筒が握られている。

清二郎の意識は、そこで途切れた。

清二郎の狙撃を免れた坂本鉉之助が、直後どのように戦ったか。

これについては今日、数多くの史料が残っている。現在、原書が国会図書館蔵になっている彼の証言集『咬菜秘記（こうさいひき）』には、天保八年二月十九日。大塩勢の主力が北船場の町に達した時、ともすれば引き退こうとする味方を叱咤した彼が、

「商家の軒下、建物の柱に沿って（敵に）接近せよ」

同僚の与力本多為助（ためすけ）、同心の山崎弥四郎らに命じた、とある。

格子戸の陰から路上を見れば、敵は小振りな砲車を押し出してくる。

坂本が背後を振り返れば、味方の玉造定番勢は引き気味で、後に続く者がいない。

「我らは東町奉行所の御加勢ゆえ、士気があがらぬのです」

と、同心の山崎は言う。この男は老人が寒さ避けに被るような奇妙な頭巾を被っていた。

「どう思う」

坂本は硝煙の間に見え隠れする、敵の前衛を指差した。

「棒火矢はさほど気にせずとも良うごわりましょう。恐るべきは、丸弾を放つ筒では」

「よい読みだ」

鉄玉は直進する。火薬は詰っていないが、近距離での威力は大きい。たとえば人体に命中すれば手足も四散する。遮蔽物を射ち抜き、裏に籠る者も疵つける。

「まず鉄玉を放つ砲を黙らせよう。それには、さらに接近せねばならぬ、山崎」

「はっ」

「私は本多と二人、あそこに走る」

と、路上へ僅かに張り出す格子見世の角を指した。

「そこで敵の砲手を討つ。山崎はここで援護せよ」

「心得ました」

坂本と本多は駆けた。たちまち、周囲に大塩方の銃弾が集中した。この時、通りの二階家で清二郎が射たれたのだが、二人は知るよしもない――うまく格子見世までたどり着いた両名は、敵の砲車が固定された位置を確認した。

大塩の門弟たちのうち、銃器に心得のある者は、物陰から淡路町の四差路に向い、発砲を続けている。

その他の槍勢や百姓勢は、地面に伏せていたが、ただ一人、砲車の脇で装塡作業にいそしんでいる者がいた。

白鉢巻に桶側胴（おけがわどう）と喉輪（のどわ）だけ着けた、侍体（てい）の者だ。これが浪人砲術家の埋田源左衛門、と坂本は後に知った。

迷わず坂本は、発砲する。その距離は長柄三本ほど、というから十間も無い。

埋田は声もあげず即死した。

これを見て、最初に逃げ腰となったのは、周辺で略奪を行っていた窮民どもだ。

「総大将が射たれはったで」

「えらいこっちゃ」

盗品を抱えて引き退く。こ奴らは、大塩の姿を知らない。大筒を放っている埋田こそ「主将」と思っていた。

この時、風が吹き、あたりに充満する硝煙が吹き払われた。

「応、賊徒どもは逃げるぞ」

跡部山城は、引いていく敵勢を遠望し、配下の鉄砲隊に一斉射を命じた。

「槍勢、進め」

奉行所勢も玉造定番勢も、槍先を揃えて走り出す。

最後まで砲車の脇に従っていた大塩の門弟たちも、ついに装備を捨てて逃げ始めた。

総崩れである。坂本は大塩敗走のきっかけを作った者として、同僚本多とともに表彰を受ける。後に「浪花三傑（さんけつ）」の一人とまで謡われるようになるのである。


どうやら、大塩には霊的ともいえる予知能力が働いていたようだ。

清二郎を選抜し、名人とはいえ、単なる定番与力に過ぎぬ坂本をわざわざ狙わせたのも、蜂起の成否がこの男にあることを、何やら強く感じていたからに違いない。

その大塩は、自軍の前衛が総崩れになった時、中軍にいた。路上に床机を出して座り、燃え上る商家を眺めていた。

「父上、どうやら」

と、息子の格之助が、その背後から近付いて耳うちした。

「突出はここまでのようです」

「何と、な」

「源左衛門殿、御討死。砲も奪われました」

大塩は顔をしかめた。それから天を仰いで、深々と嘆息した。

「無念。僅か数刻で事が敗れるとは」

少なくとも彼は、その日の夕刻まで、大坂市中を暴れまわるつもりでいたのである。

「当塾の砲を、俗吏の手に渡すな」

「心得ております」

格之助は大筒の火門に釘を打ち込み、木砲の箍を切って使用不能にする。大旗印も燃える商家の軒に放り込むと、

「行きましょう、父上」

大塩の手をとって歩き出した。

伝記作家の幸田成友や森鷗外は、二人逍遥として元来た難波橋を渡ったと書くが、それでは乱の末を飾り過ぎている。

火の出ていない商家に入って具足を脱ぎ、父は僧の姿、息子は町人の姿に着代えて避難民の群に紛れ込んだ、という話がまあ、妥当なところだろう。

5　妙海と泡界

清二郎が目覚めた時、あたりには白い靄が立ち込めていた。

(俺は、まだ戦場にいるのか。いや、死んだはずだ)

魂だけが淡路町のあたりを漂っているのだろうか、と思った。

「やっ、目が覚めたな」

妙海老人が、裏成り瓢箪のような頭を振って、顔を覗き込む。

「あ、坊さまも一緒に川を渡ったか」

「どこの川かい。淀の川か堂島川か」

「三途(さんず)の川」

「アホ抜かせ。わしゃ生きとる。おのれもよ」

にっと笑いかける。清二郎は上半身を起そうとした。が、動かない。そればかりか、手足の感覚が無く、口の中だけが乾いて火のように熱かった。その熱で視界が白んだものらしい。

「ああ、動かんとき。まだ、血が止ってないさけ」

(そうか、俺らぁ弾(はじ)かれちまったんだっけ)

記憶が蘇(よみが)えってきた。胸元を見ると、汚れた晒(さら)し布が幾重にも巻きつけられている。

「それな、この別所に住む医者くずれが手当しよった。お前、五日も寝込んでたんやで」

「五日」

「鉄砲疵にしては、えらくきれいな穴やて、医者は言うとったで。うまいこと急所がズレて、弾は背に抜けてる。鉛毒(えんどく)の心配も無い。姦通獣姦(かんつうじゅうかん)とか言うてた」

「それを申すなら貫通銃創(かんつうじゅうそう)です。あ、痛たた」

笑おうとして、激痛が全身に走った。

「痛むか。生きてる証拠や。やっと峠を越したな。何ぞ、欲しいもんあるか」

「松屋町二丁目『つとや』の、江戸前風蒲焼」

「そこまで阿呆ン陀羅(だら)読めるンやったら、もう大丈夫や」

おーい、と呼ばわると、大男が入って来た。髷が細く、耳と鼻がつぶれている。目尻が下り、それだけが御愛敬の不気味な奴だ。

「これは、ウド松ゆうてな。相撲くずれのもんや。お前を担いで、ここまで運んでくれた。礼言うとけ」

「……かたじけない」

清二郎が首を曲げると、大男は、にっと笑った。言語が不自由らしい。

「大塩方が引いたて聞いたから淡路町まで出てみた。ウド松と二人してな。ほしたら、あたりは、火事場盗っ人と逃げ遅れた百姓と、それを捕まえようとする役人で、天と地が引っくり返る騒ぎや。ふと、見たら千切り餅屋の階段にお前が血まみれで引っかかっとった。こら、あかんと運び出したが、そのあと、あのあたりは、貰い火で一面丸焼けや」

妙海は説明した。大塩勢の放った火は次々に町を舐め、市街地の半分近くが焼けた、という。

「ここらにも火が迫ったが、生玉さんの森が防いでくれた。別所までは及ばんかった。どや、いつもの粥やけど、それでええか」

「はい……」

温(ぬる)めの粥をウド松が運んで来た。驚いたことに、野菜や魚の切り身がたっぷりの豪華な潮粥(うしお)だった。

「どや、少しはうまくなったやろ」

妙海は鼻をうごめかせた。

「どうしました、これも略奪で」

「あほぬかせ。まっとうな銭で買うたった飯やぞ」

別所の者は、焼跡整理に町へ出て、皆結構稼いでいるという。

「淀や安治川から、木材が次々と河岸に上がってる。大工、日雇う取り、焼け釘拾い。食えぬ日は無し、浪花の春や」

時ならぬ復興景気で、別所の中には市まで立つという。

「此度の火事を『大塩焼け』なんぞと言うて喜ぶもんがいっぱい居る」

「して、その大塩先生は」

「杳として行方知れずや」

奉行所は四ヶ所の者を駆使して大塩父子の行方を追うが、はかばかしい成果は上らない。

「大坂の商人の中にも、中斎さんを庇うもんが居るという。昨夜も、梅屋敷あたりの商家に手入れがあった」

梅屋敷は、生玉社のすぐ東である。

「ここに、奉行所の手入れは」

「そら、あったわい。お前が寝とる間にな」

西町奉行所の人数が、掘っ立て小屋をシラミつぶしにまわったが、これは町で略奪された品々の回収が主目的だったようだ。

「この部屋にも」

「もちろん来おった。ウド松がお前の身体を屋根の梁の間に隠してな。ひとり、ぽつんと座っとったら」

西町堀伊賀守配下の同心が、部屋改めに来た。

「ウド松は稽固中に頭打って、こういう身体になってしもたが、もとは入浜部屋で醜名を『茜松』と言うた名代の力士や。同心は相撲好きらしくてな。しきりに不憫や不憫や言うて、銭置いて帰りよった」

「我が運も未だ廃れず」

「その礼もウド松に言うてくれ。何や知らん、西町は、東町と違うて、全体物柔らかいみたいや。こういう唄が流行っとる」

妙海は、膝を叩いて唄い出した。


〽大坂天満の真ン中で、馬から逆さに落ちたとさ、こんな弱い武士見たァ事たァない。鼻紙三帖ただ捨てた

妙海は三度同じ節でうたい、ついには土鍋の蓋と杓子を叩いて踊り出した。

これは、大塩との交戦中に落馬した、西町奉行堀伊賀守を唄ったものだろう。

「敵ながらかわいそうな」

清二郎も武士の端くれだから、堀には僅かながら同情した。が、妙海は首を振り、

「清の字。お前、大坂いう土地が何もわかっておらんな」

杓子を振りまわした。

「この土地では、人のよう出来ひん阿呆を仕出かした奴は、愛敬もんと大事にする。天下の大

道で馬から落ちて大恥かいた御奉行など、江戸ならその場で立ち腹かっさばくところやが、そこは大坂。『おもろい奴ちゃなあ』と愛でられる。堀伊賀守は逆に人気が上った。東町の跡部を見てみぃ。同じように乱戦中、馬から落ちたが誰も唄にせえへん。跡部には可愛い気がないからや」

「はぁ」

愛敬、愛敬と清二郎は、何度かつぶやいて、それを己れのものとした。


月が変って三月となる。

清二郎の予後は良好で、その頃になると撞木(丁字形の杖)を二本つき、小屋のまわりを歩けるほどに回復した。

大塩中斎と息子格之助の行方は、未だ不明である。兵庫の摩耶山、忉利天上寺のあたりで、僧形に扮した二人を見たという目撃情報があり、幕吏が派遣されたがこれは空振りに終った。

町にも噂が立つ。ある者は、

「二人は中山道を抜けて東国に向った。江戸で一揆を起す算段らしい」

と言い、また別の者は、

「大塩大明神は、丹波から若狭(福井)に出て、北前船で蝦夷(北海道)に渡らはった。今頃は、蝦夷人を集めて、北でひと戦さや」

「いやいや、大隅船で琉球行きおった。清国で海賊大将になる気ィよ」

まるで義経か鎮西八郎為朝のように吹聴する者までいた。

そんな折り、大塩が「肝を食ろうても飽き足りぬ」と憎み抜いた内山彦次郎が帰坂した。任務を口実に西へ逃れていた彼が、乱の勃発を耳にしたのは、備前岡山という。そ知らぬふりをして米の流通を調査しているうち、

「至急、戻れ」

と、大坂城代からの使者が到着した。

「叛徒の行方定かならず。危ういのう」

内山は逡巡したが、上からの命令とあれば是否もない。渋々大坂に戻ったのが三月の、節句の日であった。

城で復命し、組違いながら、東町の跡部山城役宅へ挨拶に出向いた。跡部は書院の上座で大儀そうに上体を揺り苦笑いして、

「備前国では、よう働いたと聞くぞ」

と言った。皮肉であろう。

「先程、城代土井様に、彼の国の米穀融通方の見聞録を提出いたしました」

顔色ひとつ変えず、内山は平伏した。

「これで大坂への廻米は上々。江戸へまわす米も兵庫の津に入ってございます」

「内山、汝は能吏よのう」

跡部は、二ノ腕をさすりつつ言う。二月十九日の朝、この男も愛馬が暴走、落馬した。しかし西町の堀と違い、物陰で落ちたために目撃者もはるかに少なかった。が、打撲の痛み去らず、全身に湿布薬を張っている。

「御奉行には、御城代より『此度の鎮圧に格別の骨折り』とて、堀川国広の太刀、時服を賜わりましたとか。おめでとうございます」

「まさに『骨折り』よ」

いつまで皮肉合戦をしても埒が開かぬと思ったのか、跡部は話題をかえた。

「まず、済ませねばならぬ事がある」

内山は、跡部の手首に巻かれた湿布を見つめ、

「大塩の行方でございますな」

「知恵を出せ、内山」

跡部は、せわしなく言った。

「江戸表より、その捕縛を問う老中の文が何度も来る。針の莚に座っておる心地よ」

「お察し申しあげます」

前にも書いたが、老中水野忠邦は、跡部の実兄である。その精神的な圧力は想像にあまりある。

「内山、汝は立入り与力であろう。案はないか」

内山は少し肩をすくめた。

「ここは、また、あの者を用いられませ」

「得体の知れぬ、あの梅原とかいう者か」

彼の者を好かぬ、と跡部は唇を曲げた。駄馬が砂を噛んだような面となった。

「御奉行は好悪の情が強過ぎます。人は、その才で用いるべきもの」

内山は、ずけり、と言い返す。

「孫太夫は、諸事鼻のきく男でございます。探索においては、四ヶ所の親方どもが束になっても、あれにはかないますまい」

「しかし、人を見透かすような、あ奴の目だけはどうにも……。聞けば、伊賀の者らしいな」

「はい、津の藤堂家より捨て扶持を得ておりますが、無足人と申す身分にて。まず浪人のごとき者」

跡部は、この話を早く切りあげたかったようだ。脇息の前にある鈴をせわしなく振って、用人を呼ぶ。

「疵にさわる。少し休むぞ」

去り際、内山に命じた。

「それほどに買っておるなら、汝があ奴を動かせ。わしは、もう会いとうない」

「はっ」

内山が頭を下げ、再び顔をあげた時、もう跡部の姿はそこに無かった。

内山彦次郎は立入り与力職として、天満与力町の他にも、市中に数ヶ所の別住いを許されている。

もっとも与力町の役宅は大塩が蜂起の際、真っ先に焼いてしまったから、別宅に住まざるを得ない。立入り与力という役職は、

「東西両町奉行組の与力中より選ばれ、城代のもとへ出入りし、用向きがあればこれを承わる

者をいう」（『大塩平八郎』幸田成友）

と資料にある通り、一介の地付き役人ではなかった。

地方に出向して天領の米価を操作し、また間接的ながら江戸の公儀から密命も受ける、というのは町与力の役職を逸脱している。

時には、新任の城代屋敷で庭の造作をしたり、幕府御用金賦課(ふか)を商人と交渉もした。

太鼓持ちと取り立て屋を兼ねたようなもので、これが大塩らに「奸吏」と指弾される結果となった。

内山は夕刻、密かに谷町筋の五軒家にある空屋敷に入る。

元は御城出入りの唐物商人信濃屋の寮だったが、城方がこれを召しあげて内山に与えた。東に城代屋敷。北にその下屋敷があり、いざとなれば城兵もすぐ駆けつける場所だ。

内山はここに住むのが帰坂以来初めてだった。畳だけが真新しく、家具も乏しい居間に座り、初めて旅装を解いた。家の者に風呂をたてるよう命じ、一息ついた時である。

隣室で、にわかに人の気配がした。唐紙がするりと開いて、梅原孫太夫が気弱そうな顔を覗かせる。

「唐突(おっこち)やな、案内(あない)も請わずに何や」

内山は驚いた。彼は大塩の残党に狙われることを予想し、屋敷の四方に四ヶ所の小者を伏せている。

「あのようなシロウトは、居(お)っても居らんでも同じだすわ」

町人髷に、よろけ縞(じま)の着物。上に藍の羽織をまとい、小商人(こあきんど)のような風体だ。

「内山はんのお戻りと聞いては、じっとしておられなくなり、お伺いしました」

「内密の帰国やのに、あい変らずの地獄耳や」

内なる不快感を押し隠し、無表情に言った。

「へえ、地獄耳はわしの取り得だす。内山はんが大塩召し捕りを、山城守様より直々に命じられたことも心得てま」

孫太夫は、袖口に手を入れて二ノ腕を掻きむしった。

内山は舌打ちし、膝を整えた。背筋を伸ばし、畳を叩いた。

「ここへ座れ。様儀(ようぎ)を改めよ」

孫太夫が座ると、出来るだけおごそかな口調で、

「此度、乱の主謀者、大塩平八郎中斎、並びに息子格之助召し捕りの命を受けた。伊賀の住人孫太夫、汝ただちに市中を探索せよ。両名召し捕りに際し、その生死も問わぬとの御定(ごじょう)である」

「ははっ」

孫太夫は一応素直に平伏したが、

「そやけど、内山はん」

「地言葉を改めよ」

「はっ」

孫太夫は、袂から商家の引き札(宣伝紙)のようなものを、引きずり出す。

「これは近頃、市中に出まわる読み売り紙でござる。決起した大塩が村々に撒いた檄文を写し

たもの。あるいは、乱の始まりと終りを記したもの。さらには御奉行落馬の顚末を唄にしたものなど様々。ここには必ず大塩父子異国渡りの話が附いてござる」

孫太夫はそのひとつ、ふたつを読みあげた。

「父子は、すでに他国へ逃れたものと思われまするが、如何」

「驚いたな。お前のような忍びが、左様な戯れ文を信じるとは」

内山は、けらけらと笑った。

「わしにはわかる。文化十四年丑の年（一八一七）にわしが定町廻りを拝命して以来、二十余年。大塩とわしは東西に分れて執務したが、その考えは手にとるように読める」

「長いお付き合いで」

「この町から離れて生きられぬのが大塩という男よ。また己れを信じる力も強い。必ず逃げ通せると思っておる」

内山の熱のこもった口調に、孫太夫は少し白けた表情となった。が、口元をぎゅっと引き締め、

「わかりました。これより市中を探索いたしましょう」

「頼むぞ」

「御下命いかにても果すべし」

一礼した孫太夫は、隣室に入り唐紙を閉めた。すぐに廊下から外へ出ていく気配があった。

「何につけ気色悪い奴ちゃ」

内山にも跡部の悪感情が、今やはっきりと理解できた。

大塩の残党狩りは続いている。

三日前は洗心洞塾の門弟で、大坂浪人木崎平十郎という者が、難波村の水車小屋に潜んでいるところを捕り方に包囲され、斬り死にした。昨日は、摂津街道の和田の関で、野江の亀吉という百姓が捕えられた。これは大塩方の弾薬運びをした者という。

別所の方は何事もない。奉行所は、生玉の辻に四ヶ所の者を立てていたが、集落に踏み込む気配は見せていない。

清二郎は、のんびりとしたものだ。三日に一度立つ泥棒市を覗いたり、紙クズ拾いが持ってくる本の切れ端などを読み暮していたが、すぐにこれも飽きてしまった。

そんなある朝、いつものように粥を運んで来た妙海が、

「お前、並の者より治りが早いて、医者くずれも驚いとったが、まるでトカゲやな」

妙な感心の仕方をして、

「毎日、ぶらぶらの居食いは、肩身も狭かろう。どや、ええ口教えたろか」

仕事の口を紹介するという。

「橦木突いての荷運びは、足手まといになるばかりですが」

「左様なことさせるかい。何も言わず、ついて来い」

杖を引き引き、老人の後を追っていくと、別所の中心にある紙くず置き場に行き当った。掘っ立て小屋ながら屋根は大きく、まるで味噌蔵のようなところだ。

目つきの鋭い男たちが、妙海に挨拶した。

（見張りを置いている）

盗品でも保管しているのだろう、と用心深く足を踏み入れた。

二重になった戸を開けば、薄暗い広間である。十人ほどの男女が、一心に作業していた。

妙海は、傍らに積まれた刷り物を一枚、つまんで清二郎の鼻先にひらつかせた。

「何かわかるか」

部屋の隅に一筋の灯明皿があったが、そこまで持っていかずとも読める。

「『天より被下(くだされ)候。村々小前(こまえ)ものに至迄(いたるまで)……』これは、洗心洞の檄文ではありませんか」

「うむ」

「所持いたさば、それだけで手が後にまわるというものでは」

「左(さ)様な」

妙海は平然と答えた。

「これが昨今では、大塩大明神のお札や言うて、守り袋に入れて首から下げる者が多い」

近在の百姓町民らは、蜂起当日に撒かれた檄文を転写して、手習いの手本に用いているという。

「けど、奉行所が回収しくさる。人気があるのに数が少のうてな。そこで、わしらが刷り増ししとるのや」

需要のあるところ供給あり、といったところだ。

「それがまあ、刷っても刷っても追いつかん」

昨日からは人を増やし、檄文の写し以外に、唄祭文(うたさいもん)や地口(じぐち)の刷り物も始めたという。

「これや」

墨の香も強い、刷り立てを示した。

美濃紙の四ツ切りへ、歌詞が上下に刷り分けられている。二つ折りの小冊子にでも仕立てるつもりだろう。

「ふーむ」

清二郎は文字を目で追った。

（……およそサァえーい、人は万物霊長なれど、心次第で神ほとけとも、成りしためしは世にある通り、町は天下の台所……大塩大明神の、由来を尋ねてみれば……か）

「これを、『大塩くどき』と名付けて売ろうと思うてるのやけど」

妙海は、にやりと笑う。どうやら作詞はこの老僧らしい。清二郎は、じっと文字を睨み、

「町民向けのくどき節にしては少々言葉が固いように思いますが」

「さよか……やっぱりなあ」

妙海は途端に悄然とした。

「これ直せるか。どないしたらええやろ」

いつに無く気弱な口調に変った。

「そうですねえ。市井の民は、まず下世話な物言いを好みます。くどきなら、まず、このように」

手拍子を打って清二郎はうたい出す。

〽さあて町のみなさま聞いてもくんねえ、跡部山城、晦日(みそか)の月よ、名前あっても心は闇じゃ、いかに飢饉の年じゃとて、米買い占めての江戸送り、あまりの仕様(しざま)に大塩様は、大旗立てて退治に向う、さてもその日の御旗の文字は、天照大神こもらせたまう、天の岩戸の穴より始め、人の五体の穴くどき、わけても哀れはヘソの穴、いかなる道理よ因果なことか、帯やフンドシに締めつけられて、天満の外れで無役(むやく)にござる。わしが真下の毛饅頭穴は、可愛がられて愛敬もあって、世間つき合いなぐさみ事と、知らぬ坊さんお出入りなさる、わけても二月の夜明けの晩は、表門開いて大筒出して、向い屋敷にデチ棒放つ。そばで寝ていたこのヘソ餓鬼は、けなりがろうか（かなりうらやましい）がるまいものか、あるに甲斐なきこのヘソ穴も、せめてお役に立てましょうとて、お旗を掲げて竹槍持って、よがり声にて船場を攻める、商人大戸をしっかと降せど、戸口の淵をそろそろ撫でて、油断したればその股ぐらを……

輿に乗って唄い続けたが、そこにいた妙海もお札刷りの男女も、無言で清二郎を見つめている。

（しまった、やり過ぎた）

皆を白けさせてしまったか、と手を止めた清二郎のもとに人々は駆け寄って来た。

（あ、そこまで機嫌を損じたか）

タコ殴りに殴られるかと身を固くした。が、皆の表情は満面笑みに変った。

「何や、この人、くどき節の願人さんか」

「ええ芸を持ってまンな。聞いてるだけで、わてのデチ棒立ちましたで」

「和尚（おしょ）はん。お弟子はんは出来物やな」

妙海は、ここでは和尚で通っているらしい。

「どや、これがわし自慢の弟子よ。明日からみんなの仕事を手伝わせる。あんじょう、教えたってや。それ、頭下げんかい」

妙海は、袖口を引いた。嫌も応もなく清二郎は、この刷り物稼業に片足突っ込むことになる。

その日は、「芸」の披露だけで終った。塒（ねぐら）に戻った彼を待っていたのは、髷を落すことであった。

「何もそこまでせずとも」

流石に江戸期の男だ。剃髪（ていはつ）と聞けば悲しさと情無さで一杯になる。元結（もっとい）に刃が入った時は、泣き声さえあげそうになった。

「情無い奴ちゃなあ」

妙海は、介添え役のウド松が捧げる水桶に剃刀を漬けながら大笑いした。

「お前は、密かに得度（とくど）する私度僧（しどそう）いう奴ちゃ。そやから、嫌（や）になったら、いつでも還俗（げんぞく）できる。気楽なもんや」

中央の髪をザクリ、と切り、次に右のタボに刃を入れた。むろん、口の中で経も唱えている。

「しかし、この頭でおれば、今より楽に動きまわれるで。一応扱いは寺社方や。町奉行も容易に手出し出けへん」

左のタボにも刃が入った。ウド松が、切った髷を丁寧に紙の上へ広げた。

「それだけでは、ない。なにしろ、拙僧の直弟子や。念のため、京鞍馬大蔵院にも鑑札を求めておいた。お前、これより毘沙門天に御奉仕する、ちゃんとした願人坊主やぞ」

聞いて増々清二郎は、また泣きそうになった。

願人とは何であろう。この時代の常識では、僧の形をした乞胸に過ぎない。大坂では雑居を許されているが、江戸では住いまで限られている。

神田橋本町や下谷山崎町の乞食僧長屋に暮し、寒の頃には素っ裸。腰と頭に結縄を巻き、「やっしょう、まかしょ（やりやしょう、まかせやしょうの略）」と叫び散らして冷水を浴び、寺々へ代参をする。

これをまかしょ坊主とも、裸足でスタスタ行くからスタスタ坊主とも称した。何とも情無い身分である。

「願人言うても、いろいろあるわい」

妙海は清二郎の気落ち振りが楽しいらしい。剃髪の合い間、合い間に己れの来歴を語った。

「近江国坂田郡鳥居本に東光山上品寺の十七世に祐海上人という方がおわした。その跡をお継ぎにならはったのが、穎玄上人や。このお方が、勧進のために江戸へ下った。吉原で名高い花扇・花里の二人を教化して近江に戻り、寺を再興しなはった。拙僧はその弟子や。師の上人を追って江戸に出て、同じく本所で勧進修行いたしたが、師の上人はさる家の騒動に巻き込まれ、あらぬ噂まで立てられて、近江国へ戻らはった」

「ま、待って下さいよ」

「ああ、動いたらアカンがな。毛が剃れんがな」

「それは、江戸本所深川辺では、洟垂れ小僧でも知る物語だ」

清二郎は、あわてた。後頭部が傷つく気配があったが、かまわず、

「もしや御上人、『法界坊』と名乗られた方ではございませんか」

「おんや、知っていたんか」

妙海は剃刀を止めた。

「上品寺では第十七世以来、代々この号を受け継ぐ慣い。三代目の法界坊が、このわしや」

老僧は小声で答えた。


世に言う法界坊。その名を有名にしたのは、芝居であった。

清二郎の時代より五十三年遡る天明四年（一七八四）四月。大坂の角座で江戸を舞台にした『隅田川続俤』が上演された。その中で、四代目市川団蔵が願人を演じて人気を博す。坊主のくせに色欲、物欲、生への執着がひと一倍強く、それでいてなぜか憎めない悪役。これが「法界坊」だった。

台本を書いた奈河七五三助は、かねてより近江鳥居本、祐海上人の話を聞いていたから、ごく御気楽に法界坊の名を用いたのだが、この芝居が江戸市村座で上演されると、おかしなことになった。

ちょうど江戸に下っていた穎玄が法界坊を称し、吉原の大夫から勧進を受けていた記憶も生々しい頃だ。

「あの法界てぇ坊主は、とんでも無ぇ奴よ」

「名代の花魁を二人まで、抹香臭くしやがった」

「市村座で初代の仲蔵がやった悪坊主も、あの野郎の写しというぞ」

名優中村仲蔵が法界を演じたのは、それより二十年も昔で、しかも役名は「大日坊」だったが、無知蒙昧な江戸っ子には、年代の違いなどわからない。しかも、芝居と現実の区別さえつかなかった。歌舞伎の悪役が、激高した客に舞台で斬られる事件も続発した時代である。

とどのつまり、大人しい頴玄上人は勧進を続けることが出来ず、上方へ戻らざるを得なかった。文字通り、石持て江戸を追われる羽目に陥った。

しかし、上人の弟子妙海は、勧進を続けると言って聞かない。

「それ勧進は、仏道修行の根本と教わりました。寺の再興は一応成りましたが、未だ梵鐘にまでは到らず。私一人江戸に残り、たとえボロをまとい、経巻がすり切れようと鐘勧進をいたしたく存じます」

「石や糞を投げられてもか」

「江戸は広うございます。石を投げる者が百人おれば、喜捨する者も百人おりましょう」

「良きかな」

頴玄上人は矢立を取って、懐紙にサラサラと何か書いた。

「これは」

「汝の号よ」

そこには、法界の二字があった。

「これは師の御坊の、法号ではありませぬか」

穎玄は頰笑んだ。

「生前その号を弟子に譲るは異例の事なれど、汝の仏心を賞し、これを特に与えるのじゃ」

法界とは「法界無縁」から来ている。生ける者全てに、無差別平等に与えられる仏の慈悲を表わした言葉という。

「ただし、しばしの間、この号を公けで用いるべからず」

自分に降りかかった害が、必ず汝の身にも及ぶであろうからと穎玄は言い、近江の寺に戻っていった。

妙海は一人勧進を始めた。それがまた派手なものだ。破れ衣に裸足、梵鐘建立と書いた軸を竿に吊して四つ角に立つと、

「近江鳥居本、上品寺へ納め奉る釣鐘の建立、お志しはござりませぬかあ」

と声を張り上げる。そればかりか、

「白浪か、雲かあらぬか煩悩の、堕落に失せし法界坊。おっと姐さん、お待ちなせえ。出家をひとり助ければ、猫千匹の供養とか。全てこれ仏道成就のためと思し召し、望みを叶えて暮の鐘」

と七五調で唱えた。

それ、件の悪坊主が出たと集って来た江戸の有象無象どもも、その芝居仕立ての勧進振りに感心して、石を投げる代りに銭を放った。

「どこに行っても人気を取り、法界坊の名は上ったが、わしゃ師の上人の御忠告を忘れてしも

たんや。ある日、師を襲った『さる家』の者らに命を狙われた。せっかく集めた喜捨の銭を全て奪われ、身は素巻きにされて大川（隅田川）に放り込まれた。辛くも助かったわしは、江戸の願人仲間の世話で西国に逃れ、今はこの様じゃわい」

語り終えた法界坊妙海は、剃刀を置いた。

「ウド松や。桶に新しい水汲んで来てくれへんか」

ウド松が出て行くと、清二郎は問うた。

「その『さる家』の御家騒動とは、何だったのですか」

妙海は急に言葉をにごした。清二郎は食い下る。

「今は言えん。いずれ、な」

「それがしも、弟子として号を受け継ぐからには、師の御坊、その師の御坊の命がかかった因縁を、知っておくべきかと」

「阿呆ぅ」

妙海は、平手で清二郎の円頂を叩いた。

「ろくに修行もせぬうちに、教えられるか」

ウド松が水桶を運んで来た。妙海は乱暴にも清二郎の衣服を剥がし、門口に立てると、頭からザッと水を浴せた。

下手な剃髪だったから、頭はトラ刈りの上に切り傷だらけだ。水が染みた。

「洗い晒(ざら)しやけど、そこにわしの法衣の替えがある。着よ」

「はい」

袖を通してみるまでもない。小男の妙海がまとっていた衣だ。白衣も墨染の衣も、つんつるてん。何とか身体に巻きつけたが、珍妙な姿となった。

「そこに座れ」

清二郎は頭に血をにじませたまま、端座した。と、鼻先にシワくちゃの紙が突きつけられた。浄海（じょうかい）という文字、その隣に泡（あわ）と書かれている。

「お前の法名や」

「これは、平相国（へいしょうこく）清盛と同じです」

「そや、武家から出て位（くらい）人身を極めた浄海入道平（たいら）の清盛公と同じ。どや、ええ名やろ」

「この泡の字は」

「法界坊の名は、まだやれん。しばし、法を泡（ほう）と書いて過せ」

「泡界坊浄海」

清二郎は、数度その名を口にした。語感も良い。

「気に入ったか」

妙海はやさしく尋ねた。

「ありがたし」

「なら、わしに合わせて経を唱えよ」

ボロ屋の中に、読経の声が轟く。物見高い別所の人々が、戸口で鈴成りになって二人を凝視した。

清二郎――これからは泡界と書く――は、違法刷り物の手伝いを始めた。

初めは彼を胡乱な目で眺めていた別所の者たちも、頭を丸め法衣を羽織った姿を見て態度を変えた。

仲間として認めたのであろう。「新発意つぁん(新出来の僧)」と呼ぶようになった。

泡界は、刷り作業の他に、「商品」の搬出も受け担わされる。

前にも書いた通り、生玉別所の出入り口には、四ヶ所の目明しどもがひしめき合っていた。

こんな時は、僧形が役に立った。町へ勧進へ出る体にして紙を運ぶ。「商品」は束にしても大きさはたかが知れている。法衣に隠して持ち出せるし、袖にあまる品は勧進興行に用いる品に混ぜ、風呂敷包みだ。怪しまれても、まず問題は無い。たとえ願人とはいえ、円頂法衣の者は御支配違いで目明しも手が出せない。

(師の上人が、楽に動きまわれる、といったのはこれか)

堂々と生玉の森を出て、松屋町から本町筋。そこから北に上ると、「大塩焼け」の跡があちこちに見受けられた。

商家の建て直しも進んでいる。忙がし気に職人たちが立ち働く通りに入ると、立ち話をしていた町人体の若い者が、羽織の袖をひるがえして、こちらに駆けて来た。

「集目さん、集目清二郎さん」

見れば、町人髷を小粋に結っているが、小揚役人平野幸助。泡界を大塩塾に引き込んだ張本人だ。

「しっ、町なかで不用意な」

泡界は小声で叱りつけた。

「これは近頃、迂闊でごわりました」

「わしゃ、今はこういう風体。話すなら勧進に応じる体で願いたい」

手にした数珠(じゅず)を揉みながら言うと、幸助も手を合わせて応じながら、

「積る話もごわります。そこの店舗まで」

それから、さも偶然を装って、泡界に頭を下げた。

「当家、新築の御祈禱を願えるとは、まことありがたいこと。ささ、こちらへ」

芝居がかった口調で、造作真っ最中の店内に誘った。

鰻の寝床のように奥行きの長い店(たな)だ。中庭の辺は類焼を免れたらしく、茶室風の小部屋が残っている。その障子をぴたりと閉ざすと、

「集目さん。しかし、よく御無事で」

幸助は半泣きで語った。

「二月十九日の決起直前、私めは揚屋入りで同志とも連絡(つなぎ)はとれず。以来誰とも音信不通」

「よく放免されたものだ」

「ここは大坂。万事金で動きます」

実父の肥前屋三左衛門が、大坂城代に泣きついた。結構な額を支払い、牢から出してくれたが、ほとほと呆れたらしく、

「『お前を侍にしたのが間違いやった。家へ戻れ』と言って、小揚役人の株を返上してしまいました。おかげで、堀江町の幸助どんに逆戻り。肥前屋の小店を分けてもろて、今はかような

仕義でごわります」

　頭を掻き掻き言う。

「城の定番役人は、洗心洞の教えを『天満組風の我が儘学問』と語っておったが、まったく、その通りかもしれん」

　泡界も切り傷だらけの頭を撫でた。

「その我が儘学問の結果、大坂は丸焼け、門弟は四散。おれは願人、お前さんは元の町人だ。しかし、なぜか悔いは残らぬ。ただひとつの口惜しさは、梅原孫太夫に裏切られたことのみ」

「それは如何なること」

　泡界は大塩からの密命一件から、孫太夫に射たれたことまで手短かに語った。

「ちょっと、待とくんなはれ」

　幸助は、あれこれ思案する風であったが、

「読めましたで」

「何が読めた」

「あの者、諜者ですわ」

「それは、わかってる」

　自分が伏せている場所を容易に嗅ぎつけ、その目的を阻止した。これが幕吏の手先でなくて、何であろう。

「いいえ、それればかりやないです」

　町奉行所米蔵の牢前で、孫太夫を目撃した事を語った。

「一介の牢人が、役人用の揚屋を歩いているのも妙なら、旅帰りらしい姿をしていたことも奇妙」

幸助は、さらに首を傾けた。物陰で餌を狙う猫のような面つきになった。

「奉行所の事情通に聞いたことがあります。御米蔵隣の林木溜りには時折、貴人豪商の船が入って、密談の場となるそうな」

「船で」

「大坂は八百八橋。水利の便良く、人目につかず。特に東西両町奉行は駕籠も馬も用いず、もっぱら御座船とか」

「なるほど、ならば町なかで落馬もすまい」

泡界は、おもしろくも無さそうに言った。

「梅原めは、跡部か堀か、いずれかの奉行に直接の下命を受ける身分かと」

「あ奴だけは許さぬ。ここに」

自分の胸元を泡界は指して、

「開けられた穴の礼は、しっかとさせて貰う」

「珍らしく怒っておられる」

「あたり前だ」

幸助は上目遣いに泡界を見た。

「わたしめは、すでに小揚同心でもなければ、三十俵二人扶持の平野幸助でもない。されど、洗心洞塾の心は捨ててはおりまへん。これからも、連絡(つなぎ)をとりましょう。梅原孫太夫は、塾生全ての仇だす」

きっぱりと言った。

6　一望千里

樗（おうち）はセンダンの古名という。古く京では、刑場の印とされた。

平家物語にも、信西入道の首を「左の獄門の樗にぞ掛けたりける」と、ある。

大坂千日前の仕置場も古式に従い、この木が植えられていた。難波の新地あたりでは手のつけられない悪餓鬼がいると、

「あいつはいずれ、オウチの木ィ背負う奴や」

なんぞと言う。雑芸人の元締、天王寺の小兵衛は、その樗の木が見える広場の裏に口入れ屋を営んでいた。

時折、風に乗って死臭が漂ってくるひどいところだ。人がその縁起の悪さを指摘すると、

「これも飯のタネにつながってる。かまわんといてんか」

と言い返す。四ヶ所長吏（ちょうり）のひとりである彼にとって、ここは職住接近、しごく便利な場所であった。

その陰気な店に、ふらりと入って来た奴がいる。丹前（たんぜん）の前をだらしなく三尺で締め、頬っ被りした町人だ。

「諸芸人お取り扱い、太々神楽、あいきやう（愛敬）手踊り、木偶まわし」

と書かれた傭い札を横目で見つつ、黙って奥に入ろうとするから、帳場の若い者が驚いた。

「おんどれ、どこ行くんかい」

店の者と言っても、中味は目明しの下っ引きだから柄が悪い。

「勝手な真似さらすと、そこの樗に掛けたるぞ。ここをどこやと思うてけつかる」

口入れ帳片手にドスをきかせた。が、町人体の男は笑い声をあげ、

「小兵衛さんに会いとうてな。いや、大事ない。京橋の、ヤの字の使いや」

手をあげて、奥の暖簾を潜っていく。呆然と見送る帳場の者に、別の若い者が、

「なぜ、止めしまへんのや、兄ィ」

「アホ、京橋のヤの字言うたら、東町の山城守様のことやないかい」

平手で若い者の頭を張りつけた。

小兵衛の店は妾宅も兼ねていたから、奥の間はあかぬけた造りになっている。

その名に似合わず小兵衛は、大柄で赤ら顔の精力的な男だ。長火鉢の前で、妾の胸元を弄びながら酒をちびちびやっていた。そこへ、町人体の男はずかずかと上り込む。

「だ、誰や」

流石に驚く小兵衛の前に、男は頬っ被りを取ってどっかと座った。

「あ、これは梅原様」

「どや、稼いどるか」

小兵衛はあわてて妾を別間に追い立てて、居住いを整した。

「結構な身分やな。新しいコレか」

梅原孫太夫は小指を立てる。小兵衛は苦笑いして、

「あれは今宮村の大百姓の娘でっけどな。この飢饉で年貢が払えず新町へ出て、わいが身受けしました。廓では君顔言う名でおましてな」

よほど自慢なのだろう。小兵衛はベラベラとしゃべった。

「ふん」

孫太夫は鼻を鳴らし、長火鉢の燗酒を勝手に取ってくいとあおると、一句うたった。

「流浪する身にも眼につく妾宅の、日暮れては咲く、花のきみがお……とは、どや」

「ほう」

感心した小兵衛は、長火鉢の引き出しから紙と文箱を取り出して、

「今の歌、ここに書いとくなはれ。あれも喜びます」

「後にしよう。それより、御役目の話や」

「へえ」

「このたび、わしは、東町内山彦次郎の指揮下に入った。大塩父子の捜索に専念することとなった。ついては、明日より、手練れの者を何人か貸してもらいたい」

「へい、そらもう……。御下命とあれば、蝦夷でも長崎でも、お召し下さって結構だす」

「いや、世間で申すほど、大塩父子は遠方に逃げとらんというのが、与力内山殿の御見立てや」

「さいでっか。近所なら、このわても働かせてもらいま」

「ありがたし」

孫太夫は、小兵衛に大坂の絵図を持って来させた。

右に御城（大坂城）、中央に東横堀、左に西船場、阿波座、堀江が描かれていたが、そこを碁盤の目に区切り、色別けしている。四ヶ所の縄張り図らしい。

「この赤ぃところが、わてェの顔がきくところだす。カメのぞき（薄い水色）ンとこが、他家の縄張りと重なってるところで」

他の三ヶ所の長吏。道頓堀、飛田、天満の衆とは近頃、争いが絶えぬという。

「大塩はんが与力やった頃は、これをびしりと押さえてはったもんやが、皮肉でんなあ」

小兵衛は嘆息した。孫太夫は絵図を眺めながら、

（おもしろぃ）

感心した。この図だけで眺めていると、侍も商人も居らず、まるでこの無法者の集団が天下の台所で跋扈しているような錯覚に陥ってくる。

「小兵衛どん」

「何だす」

「お前の考えでぇえ。縄張り内で臭ぃと思われるところは、どれくらいある」

「そうでんなあ。大塩中斎ゆうたら、浪花三傑とうたわれた面の割れた御仁や。そこぃらの町家に匿われててもすぐバレしまス」

天下の大罪人を、大店や諸藩の蔵屋敷が匿うはずもない。

かつては大塩の清廉さに共鳴し、彼を後援していた中小の商人宅が、まず臭ぃと小兵衛は言

う。

「しかし、これは百数十軒もありますやろか」

「皆、この大塩焼けで一転、中斎を恨んでいるはず」

「それでも恨むどころか、世直し大明神と崇める阿呆はおま。数が多くて、とても手ェまわりまへんわ。それというのも」

小兵衛はまた、長火鉢の引き出しを探って、細長い引き札を取り出した。

「見たことおますやろ」

「大塩派の檄文か」

孫太夫は、これが刷られる前に塾を放逐され、その後は旅に出ている。

「中斎平八郎の心情がひしひしと伝わってくる」

「それ、本物やおまへん。新刷りだすわ」

小兵衛は舌打ちした。

「取締れんのか」

「無理や。雑魚場(ざこば)の仲買い、小間物売りまでが、商品にこれを付けると売れる、などとぬかしよりまんね。よう取締れまへん。けど、な」

あわてて小兵衛は、言葉を継いだ。

「刷り場の目星(めぼし)だけはつけてます。子分どもを張りつけとりま」

二軒茶屋、木津河原、生玉さんの森、と指折り数えた。

「見張りだけか。踏み込まんのか」

「みんな寺社地の別所でっさかい、わしらにも良う手が出せまへん」

孫太夫はしばし天井を睨んでいたが、

「すぐに人をつけてくれ。そのあたり見となった」

と言った。小兵衛は手を叩いた。

「おーい、権」

「へーい」

入って来たのは、先程店先で口入れ帳片手に毒づいてきた若い衆だ。

「梅原はん、こ奴はソメ権言いましてな。盛り場で鼻をきかせること大坂三郷一という自慢の若い者だす。あんじょう使いまわしておくれやす」

ソメ権は神妙に頭を下げた。

「権兵衛と申しやぁす。千日前で鼻ネジ預からしてもろてます。よろしゅうに、お引きまわし願いやす」

鼻ネジは、四ヶ所の下っ引きが使う鉤手の無い十手だ。別名を坊主十手ともいう。

「権兵衛どんか、以後よろしくな」

孫太夫は、愛想良く返事をした。しかし、この男、化生である。その心底はわからない。

別所で刷られた札は、刷り手が直に販売することはない。

浪花では小規模の印刷物にも、ちゃんと仲買い、小売りの区別けがある。むろん御法度の品だから、こうした人々も注意深く動いていた。

「泡界坊」は、仲買いと接触する危険な役割りを担っているのだが、そこはこの男のこと、しごく大胆な動き方をした。大坂の町をほぼ縦に登り、天神橋を渡って天満の辺に立った。

「ほう、一望千里か」

商家も屋敷町も類焼し、町の中心、天満天神の鳥居だけがポツンと残っている。その向うの与力町などは、黒いサラ地と化していた。

「役人たちが、洗心洞を恨むのは当然だなあ」

天満堀を渡れば、それも背後の景色だ。のどかな畑地と竹林ばかりが広がっている。雲雀（ひばり）の声がかまびすしい。いつもの年なら、曽根崎参りの男女で賑わう野の道も、閑散としていた。

泡界は、春風が運んで来る草木の香りを楽しみながら、北へと歩く。

遠くに太融寺の大屋根が見える。その敷地外れには、彼の長く暮した貧乏長屋も残っているはずだ。

（おれが凶状持ちと、知られているだろう。立ち寄るわけにもいかねえや）

そこには長年集めた貴重な書籍もある。いや、すでにこすっ辛い長屋の衆が、銭に替えたか、焚きつけにしているか。

（ともかく、顔知っている奴に出食わさねえことだ）

懐からボロ手拭いを出して盗っ人被りした。

畔を流れる小川の土橋を渡ると、壊れかけた水車小屋がある。近くに牛馬のつなぎ場もあるらしく、糞尿の臭いが漂っていた。

『真(しん)か』」

小屋の入口で合い言葉を発すると、

「『贋(がん)か』」

中から声が返ってきた。女の声だ。

「新刷りや。たしかめてッか」

泡界は下手な浪花弁で言う。

戸口から細い手が出て風呂敷包みを受け取り、しばらくして布の袋が突き出された。

「ん」

泡界は手で重さを計り、そのまま袖口に収めた。行こうとすると、

「待ちィな」

声が止めた。

「銭、数えへんの」

「ここの仲買いは、信用がおけるて聞いとるからな」

袖口を払って行こうとすると、

「清二郎はん」

「違(ち)ゃうわい」

駆け出そうとする泡界の前に、女が飛び出して来た。ツギだらけの野良着、髪をワラシベで束(つか)ね、それを布で包んだひどい姿だ。

「ウチや。さわやか」

「おさわさんか」

太融寺裏の長屋で、向いに住んでいた寡婦（かふ）である。男まさりだが、妙に面倒見が良く、清二郎が仕事で追い込まれた時は、飯焚きや洗い物もしてくれた。生活力もある。頼まれると、どこで工面してくるのか粋な小袖をまとい、花街に三味線ひきに出る。

あれは新地で噂の、名妓の成れの果てやと言う者もあり、また盗賊波（なみ）の長五郎（ちょうごろう）の忘れ形見と言う者もいた。

長五郎は、大盗江戸屋八郎兵衛の後継ぎで、文化十一年（一八一四）捕えられ、千日前に首を晒されている。

この時の捕縄に出役したのが、当時定町廻りになったばかりの内山彦次郎であるという。

「つれない人やなあ」

「仲買いと顔を合わせるな、と厳命されとる」

「誰に」

「師の御上人に」

「ふーん、ほんまもんの願人さんにならはったんやね」

さわは、泡界の胴に手をまわすと、水車小屋に引きずり込んだ。大変な力だった。

「今、野道歩かんほうが良え。四ヶ所のもんが見まわる刻限や」

「ほんまかい」

「ほんまや」

秣（まぐさ）と屎尿（しにょう）の臭いに混って、さわの生めかしい体臭が鼻孔を突いた。長屋で暮していた頃、この女に誘われて、つい身体を重ねたことも一度や二度ではない。

さわは、積極的に泡界の衣服を脱がせにかかったが、その胸元を見て、

「どないしはったん、この傷」

晒しでぐるぐる巻きの乳のあたりから、微かに血がにじんでいる。

「射たれた。奉行所の密偵に」

「かわいそうに」

さわは、泡界の血をちゅうちゅうと吸い始めた。

「うちが直したるわ」

「止せや、また疵口が広がってしまう」

血の臭いに気が高ぶったか、久しぶりの出合いに思いが充ちたか、さわは野良着をかなぐり捨てると、むしゃぶりついてきた。

「いかん。拙僧、今は仏弟子の身や」

「しょもないこと言うて。願人さんのくせに」

押し倒された泡界は、念仏を唱えながら、ぎごちなく女を抱き返した。

事が終ると、さわは袂の中に手を突っ込んで、クズ紙を取り出した。手早くそれを揉んで、己れの股間を拭った。

「ああ、久しぶりや。がっかりした」

この時代ガッカリの意味が今と違う。気がスッキリした、といった時に用いる。

「お粗末さまで」

泡界は痛む胸を押さえて、のろのろと下帯を腰に巻きつけ、それから外を窺った。

「別に覗くもんなんか、居らへん」

さわは、クズ紙をまた秣の中に押し込めた。

「なぜ紙くずがそんなところに」

「この辺の若い衆が、のめこ（野交）する時、この小屋を使うんや。後の人のために紙入れとくのも慣わしのひとつ」

さわは、年増の熟れた肢体へ浮いた汗もそのままに、野良着をまとう。

泡界を軽く抱擁し、商品の風呂敷包みを手にすると、小屋の戸を開けた。

「もう行くンか」

今度は泡界が止める方にまわった。後朝(きぬぎぬ)の別れにあらずと言えど、これではあまりにもつれない。

「ここは小半刻（約三十分）以上経ったら、次の者に譲るのが慣いや」

さわは戻って来て、泡界の坊主頭を抱き寄せ、その耳元でささやいた。

「御同業や、また会える」

「そやな」

「それから……」

さわは含み笑いして言った。

「大坂もんは、他国人の下手な浪花言葉を毛嫌いする。無理に真似せず、地(じ)のままでやんなはれ」

野の道を早足で出ていった。午後の日差しが畔を染めている。雲雀の声が再び聞こえ始めた。

復興景気に沸き返る本町筋を、柄の悪そうな奴らが、肩で風を切って行く。

途中、竹竿運びの人夫がその先頭に突き当ると、数人の男が取り囲み、殴る蹴る。竿も踏み折っていった。

「天王寺のもがり者や」

「子ォたちを家に入れろ。奉行所の見廻りや」

関わり合いを恐れて、誰も止めようとしない。

七、八人いるその一番後ろを、浮かぬ顔で懐ろ手した孫太夫が、のたりのたりと付いて行く。

店の暖簾越しに、目ざとくそれを見つけたのが幸助だ。

（あ奴め）

急に帳場を立つと、番頭を呼んだ。

「御得意さんの用事を思い出した。ここと普請場の立ち合いを頼みます」

「へい」

「念のため、丁稚の幾松(いくまつ)を伴にしまひょ」

と言うと番頭は、ほっと息をついた。

番頭は幸助の実父三左衛門より、息子が羽目を外さぬよう申しつけられていた。丁稚のうちでも小才がきく幾松連れなら問題あるまいと踏んだが、念のためこれを呼び、

「若旦那(わかだん)さんが、おかしなことをせんよう、よう見張っとってや」

「おかしな、て何だス」

「新町（廓）にはまったり、下らんもんに会うたりしたら、すぐに知らせるんやで」

丁稚の掌に銭を握らせた。

幸助はそんな二人のやり取りを知ってか知らずか、爪先探りに鯨草履を突っかけると、幾松を連れて、孫太夫たちの後を追った。

高津神社の脇参道に続く生国魂参道まで行けば、あちこちに目つきの悪い男どもが屯していた。行商人風もあれば、売笑の客引きめいた奴もいるが、これらは全て天王寺小兵衛の手下だ。

孫太夫たちは、それぞれに声をかけ、話を聞く風であった。幸助はそこまで確認すると、幾松の袂に銭を投げ入れた。

「そこの茶店で何か食うて来い」

「若旦さんは、どこ行かはります」

「これや」

小指を立てた。が、幾松は片頬をゆがめた。

「おなごはんと違ゃいまッな。若旦さんは、さいな人やない。調べもんやな」

「子供のくせして、大人読むな」

「子供かて、義や救民たら言うもんが、どういう事か、阿波座の講釈場で学んでまス。若旦さんが、大塩さんのために働いてたことかて知ってま。わてかて、この通り大塩札を下げてまス」

胸の守り袋から、大塩の檄文を出して見せたから、幸助はあわてて押さえつけ、

「そんなもん、出したらあかんがな。まあ、わかった」

丁稚小僧にまで大塩人気が及んでいることに、幸助は少し感動する。

「番頭はんが何と言おうと、この幾松は若旦さんのお味方や」

「うれしいこと言うてくれる。なら頼みがある」

幸助は耳うちした。

「あそこに、四ヶ所の張り付きが一人見えるやろ。別所の出入りを見張っとるのや。少しトロそうやから、話聞いて来てくれ。私は目立つから参道の向うに隠れてる」

「心得ました」

幾松は茶店に走り、貰った銭で貧相な餅をふたつ買った。

そのひとつをニチャニチャ食いながら、立ち薬売りの旗を立てた男の前に歩いていった。

「おっちゃん、売れてるかぁ」

張り付きの男は、頭に置いた手拭いで顔を拭って、小うるさそうに、

「どっか行にさらせ」

「つれないなぁ、餅食うか」

「くれるのか」

「茶店の婆は因業でな。ふたつやないと売らへん言うのや。これも施餓鬼と思うてくれたる」

「わしは餓鬼か。口の悪い小僧やな。けど、ちょうど中腹や。貰うたる」

普通、商家の丁稚は紀州か備前あたりの田舎から出てくるが、この幾松は堀江生まれのすれっからしで、肥前屋の本店でも持て余し、幸助の分店に入った奴だ。

口から先に生まれた浪花の街育ち。あっという間に見張りへ取り入ってしまった。

「驚くなや。わいはこう見えても、天王寺一家の手のもんや。十手預る身やぞ」

餅を頬張りながら、目だけは別所の木戸に向けて見張りは自慢する。

「ひゃあ、おっちゃんは御奉行所の働きもんか」

幾松は大仰に驚いてみせた。

「どうしたら、さいな勇ましい役つけるねんな。おしえて」

「手の者になりたいんかい」

「わい、もうほとほと丁稚稼業に嫌けがさしましてん。番頭はんにドツかれる。飯の御菜は御香香二切れ。三切なら身が斬れる、四切なら死に切れるなんどとぬかしよる。いっそ、十手貫て派手に生きたい」

「アホなことぬかす餓鬼やな。このわいは……」

見張りの下っ引きは、我が身を語ろうとして口をつぐんだ。

罪を重ねて晒し者となり、四ヶ所に落されたあげく、奉行所の卑役でかすかすに食っている、などと死んでも言えぬ。

「……こんなン、ええことは無い。毎日、怪っ態な格好で地べた座ってなならん。さっき貰うた餅が今日初めての飯や」

「そら可哀そうな」

「あそこに御法度刷り物師の巣がある。寺社方差配で、わいらはよう手が出せん。刷り人どもは、神官屋敷にぎょうさん銭摑ませとるらしい。おかげでわいは、始終雨ざらしや」

「商売いうもんは、どこも大変でんな」

「ここだけの話や」

見張り男は、声を押さえた。

「この我慢もあと少しらしい。うちの親分には、西町の切れもん内山彦次郎様の密偵がついた。四月(うづき)の声を聞く頃には、寺社方の御裁許も降りて、あそこは打ち壊しになる。刷りもん稼ぎも一網打尽や」

「ふーん」

そこへ、検分を終えたソメ権の一行がやって来た。

「汝(われ)、何を餓鬼なんぞと遊んでくさるか」

ソメ権は、見張りの頬げたを勢い良く張った。幾松は、あわてて飛びすさり、生国魂神社の境内へ逃げた。

「幾松どん」

手水舎(ちょうずや)の陰から、若旦那幸助が手招きする。

「何の話をしてた」

若旦さん、かくかくしかじか、と丁稚が語ると、幸助の顔色が変った。

間の悪い事はあるもので、そこにちょうど泡界が姿を現わした。

大儀そうに参道を、てれてれと歩いてくる。

「無理したかなあ」

負傷後の身で久々の交接(まぐわい)は、流石に体へくる。体力ばかりではない。背徳感がその憔悴に輪をかけていた。

「まったく、男と女というものは」

曲りなりにも仏門へ帰依して、その経読む舌も乾かぬうちに、馴染み女とかような仕儀に至るとは、これは一体何の報いであろう。

投げやりな気分になった泡界は、やけくそでひと節うなった。

「ええ、おシャカさまとてー女に迷うた。迷うたはずだよー、お大尽育ちー」

これも油断であろう。その声に、物陰で打ち合わせをしていたソメ権たちも、びっくりする。

「けっ、願人か。下手な歌祭文(うたざいもん)うなりくさる」

ソメ権が毒づいた。傍らの孫太夫も首を巡らせた。丈短かに法衣をまとった野坊主が、おぼつかぬ足取りで鼻先を通って行く。

(あ、あれは)

孫太夫は、一瞬凍りついた。

人体(にんてい)こそ違えどその顔は、ほぼひと月前に淡路町で自分が射ち殺した集目清二郎のそれではないか。

「まさか」

背伸びして、もう一度確めようとしたが、早くも願人坊主は、別所の木戸を潜っている。

「どないしはりました」

ソメ権が尋ねる。

「何でもない」

しかし、あきらかに孫太夫は平常心を失っていた。ソメ権は執拗に問う。

「何もないことおまへんやろ。えらい顔色悪るなってまっせ」

「ソメ権」

孫太夫は、口早に言った。

「あの別所には、小兵衛から鑑札貰うてる芸人が何人か住もうてるはずや。おどして中の話を聞き出せ。それとな」

孫太夫は、気が高ぶれば高ぶるほど、知恵がまわる性質らしい。

「……町の噂も集めるのや。どんなに怪っ態な噂でも良い。聞き上手の者を放って、あの別所の弱点を何としても見つけるんや」

「へっ、万事承知」

命じ終えると、孫太夫の顔に、ようやく血の気が戻ってきた。

その会話を参道脇の茂みから、一言一句聞き洩すまい、と耳を澄ませる者もいた。

幾松である。小才をきかせて見張りどもの近くに忍んでいたのだが、これは実に危うい橋であった。

孫太夫も常ならば少年の気配を察したであろう。が、自分が殺したはずの男を見て、この手練れも僅かに心を乱していたのである。

大坂の西、江戸堀や阿波座の半分近くも丸焼けになったが、南堀江はうまうまと焼け残り、町は賑っていた。

新出来（あらでき）の商いで稼いでいるのが、味噌汁屋だ。商家で働く若い男女が逢い引きしたり、旦那衆が相談事に店を使っている。

酒は一切出さない。甘い白味噌仕立ての汁と小椀の麦飯を出す。

西長堀に近い「土佐屋」も、そんな汁屋のひとつだった。

味噌汁の味は料亭並みだが、店主の無愛想さが難で、開店半月ほどは人気がなかった。が、ここに一人の手伝い人が入ってから急に客が増えた。

加助というその膳運びは、醜男（ぶおとこ）だが気が良いと評判で、商家の下女や丁稚の悩み事にも気易く乗ってくれる。

「あしこの汁屋は、手伝い人で持っとる」

と町の者は噂した。

弥生も半ばの頃だ。土佐稲荷の参詣客で賑う店内に、ひがという娘が浮かぬ顔でやって来た。これは油掛町（あぶらかけまち）（大阪市西区靱（うつぼ））美吉屋（みよしや）の働き女だ。普段、店の者同士のいざこざや行く末の悩みなどを加助に相談する仲だが、汁を頼んだ後、しばらく箸もつけない。

「おひがちゃん、どないしたん」

加助が声をかけると、

「うち、な。御宗旨、代えるかもしれん」

ひがは播磨英賀（えが）から働きに来た。家は代々一向宗という。

「御宗旨代えとは、おだやかやない」

加助は椀の中に煮大根を足しながら、

「一体どうしなはった」

「うちの店は、土佐屋さん同様、きれいに焼け残りました」

「知ってる。家運が良いと評判や」

「旦さんが言うには、それがお屋敷稲荷さんの御利益やて。うちは、初めてそンなあるかいて思(おも)とった」

播磨の本願寺派は、弥陀(みだ)の本願だけを一心に信じ、一切の迷信を排除する。されば一向宗。

「それが近頃は、ほんまにおコンコンさんの御力もあるかもしれん、て思うようになってしもて」

「ほう、示現(じげん)なされたか」

「お姿は見えへんけどな」

美吉屋の家作は広い。店の奥に蔵が幾つもあり、離れには大きな稲荷社が附属している。そこに日々供え物を運ぶのも、ひがの役目だった。それが、

「うちの旦さんは、大塩焼けで焼け残った翌日から、お礼とかで、朝夕二膳の食事を自分で運ぶようにならはった。半刻ほどして、膳を下げるんやけど、不思議なことに椀の中味はいつも、嘗めたみたくきれいに無うなってはる。うち不思議というより、えろう恐くなって」

「ふーん、恐いなあ」

加助はあれこれ言って、ひがを落着かせると、その晩、千日前に出て、天王寺の溜りに投げ文をした。

加助は四ヶ所の者ではなかったが、ソメ権に弱味を握られて働く町の衆だった。話はその日

のうちに、孫太夫の注目するところとなった。

「油掛町の美吉屋五郎兵衛といえば」

四年前、西国飢饉が始まった折、窮民のお助け小屋を作って奉行所から「差し出がましい振舞い」とお叱りを受けた商人と聞いている。

「毎日、きれいに二膳平げるお狐様か」

「臭うおまんな」

「まず、美吉屋を誘（おび）き出そう」

孫太夫とソメ権は、内山彦次郎に通報し、同心の出役を求めた。

報告を受けた時、内山は谷町筋の仮屋敷で帳付けをしている。

「いくら大胆な大塩とて」

そんな大坂のド真ン中に、と初めは鼻で笑っていた内山だが、とりあえず奉行所と大坂城代に報告した。

「稲荷の供物に嫌疑をかけ、これが空振りに終れば、大坂三郷はおろか天下の笑い者や。わしもお前も腹切りもんやぞ」

内山は苦い顔をした。しかし、孫太夫の真剣な面持ちに、まず美吉屋五郎兵衛を店から誘い出すことにした。

内山の記録『勤功書』には、それが天保八年三月二十六日の夜と記されている。

隣町との木戸建てについて打ち合わせがある、とそれらしい理由付けで会所に呼び出された五郎兵衛。たちまち取り押さえられ、厳しい尋問にあった。

その結果、美吉屋の奥蔵に二人の侍体の者が、二月二十四日以来潜伏していることが判明した。

ただちに捕縄を、といきり立つ同心や四ヶ所の者らを止めたのは孫太夫だ。

「功をあせるな。慎重に事を運ばねば、大塩焼けの二の舞になる」

諜者である彼は大塩の考えが手に取るようにわかる。

「中斎は、学者であると同時に、砲術家ということを忘るな」

自害の際は必ず火薬を用いるはずと言った。一同は仰天した。

「油掛町は名の通り油問屋が多い。ここが焼けなんだは僥倖であったが今、火が掛かれば再建途中の浪花は、また灰の山に戻る」

「いくら大塩とて、はたしてそこまで」

同心の一人が笑うと孫太夫は血相を変えた。

「砲術家の心は砲術家のみが知る。わしとて森重流砲術皆伝の者ぞ」

とりあえず、大坂城代にこれを伝えると、土井大炊頭は流石に事態を重く見たのか、土井家中でも武芸に秀でた者八名を巡遣してきた。

さらに定番侍三百人が城中に控え、万一に備えて火消し、四ヶ所の者にも町を包囲させた。

結果、各町内にいた下っ引きどもは、一斉に油掛町へ群がった。

異変に気づいたのは、生玉別所の見張り人だった。

「妙でんな。てんのじの犬が、潮の引くように去ンでしもた」

妙海老人のもとに報告した。その頃、泡界へ文を届けに来た者がいる。肥前屋の幾松だった。

「合点した」

丁稚の携えてきた文を読むと、それを焼き捨て、師の老人に伝えた。

「どうやら、中斎先生の居所が露見したようです」

妙海は袖の内で指折り数えた。

「乱から、ほぼ四十日。よう逃げ延びたものや。中（ちゅう）さんも、しぶとかったのう」

「何とかお助けする手は」

「城方も奉行所も総がかりや。こうなれば是否（ぜひ）もない」

肩を落とした。泡界にもそれはわかる。

「せめて、中斎先生の死に目ばかりはこの目にして後に伝えたいと思いますが」

「ふむ、それなら」

出来ぬこともなかろう、と妙海は外の者に声をかけた。

「おい、隣小屋に拾うてきたきりもん（着物）と髢（かもじ）の焼け残りあるやろ。髪結いも連れて来う」

別所には、ありとあらゆる職種の者がいる。

小半刻ほどで願人坊主は、町の浮浪人程度の見てくれに変った。

「さ、行って来い。拙僧の代りに、烈士大塩中斎正高（まさたか）の最後を見取って来てくれ」

妙海は弟子の肩を、ぽんと叩いた。泡界は焼け焦げのついた縞の綿入れに縄帯を締め、待っていた幾松を連れて木戸を潜った。

なるほど、普段なら生国魂の森に伏せているはずの、四ヶ所下っ引きの気配は全く絶えている。

「若旦さんは、お西さん（西本願寺）近くの煮売り屋にいてはります」

先を走る幾松が叫ぶ。

7　逃　亡

大人数で包囲する捕物を、奉行所では「打ち込み」と言った。

まるで川辺に投網を打つような物言いだが、たしかに油掛町の一帯は、網の口を閉ざすがごとき有様だ。

捕り手よりも火消し人足の数が多い。これは大塩が火をかけた際の用心であろう。

総指揮をとる内山彦次郎は、隣の靫町塩干問屋に本営を置いている。しかし、現場には出向かない。

実際に踏み込むのは、城代の家臣八名と梅原孫太夫にソメ権。

変装した泡界が、幾松の案内で、北御堂脇の町内に入った頃は、町も闇の中に沈んでいた。

灯火の使用を禁じられているのだ。幾松は、はしっこく動き、飯屋の板戸を叩いた。

「若旦さん、連れて来ましたで」

「中へ」

幸助が手招きする。

「ここは懇意の店どしてな。今宵一晩、借り受けました」

二階に上った。天井が異様に低い。物置きにでも使っているのか、埃臭かった。

「ここから、辛うじて隣町が眺められます。あの樟(くす)の立っているあたりが美吉屋で」

格子窓の外を覗いた。蔵の屋根が途切れるところに、夜目にも鮮やかな黒い影が立つ。大塩焼けの際、水を吹いてあたりを守ったと噂される大樟の木という。

「ここで指をくわえて、見ているしか無いのか」

泡界は歯ぎしりした。

「無理です。周囲一町、蟻の這い出る隙間も無い」

闇の中に捕手火消しが、ひしめき合っているという。

まんじりともせず一刻（約二時間）ほども三人は、暗がりを眺めていた。

「何事も起きん」

泡界がつぶやいた、刹那であった。樟の木の根元あたりが橙(だいだい)色に輝いた。爆風が格子窓を揺った。

次に爆発音と炎が吹き上る。待ちかねたように火の見が擦り半を打ち始めた。怒号と歓声が轟いた。

「南無阿弥陀仏」

殊勝に手を合わせたのは、丁稚の幾松だった。

泡界と幸助は、師の自害という事実に衝撃を受け、茫然自失の体。

炎は小半刻ばかりで収まり、火の見の鐘もゆるやかなものに変った。

朝になって木戸が開くと、近隣の物見高い連中が、靫町のあたりに群がった。捕物の後仕末を見物しようというのだろう。

泡界たちも危ういと知りながら油掛町に入り、物陰からそれを見た。

梯子や刺股（さすまた）を掲げた四ヶ所の者や火消し人足が凱旋（がいせん）の先頭を行く。中軍には実際に手を下した土井家の侍衆。そして馬上、槍持ちを従えた内山彦次郎。

ここで初めて、泡界は彼の姿を目にした。年の頃は四十ほど。細目痩せ形の、さして特徴も無い小役人風の男だ。

（おれは、こんな奴を射て、と命じられたのか）

たいした感慨（かんがい）も涌（わ）かなかった。が、彼の後に続く荷車を見て愕然とする。

荷台に黒焦げの死骸が二体、乗せられていた。

（あなや……先生）

一体が大塩中斎、もう一体が息子格之助のそれであろう。

蓆（むしろ）を掛けていないのは、ことさらに死骸を辱しめるためだ。

その後に縄付きの男女が連行されていく。これは美吉屋の店者（たなのもの）に違いない。

「ああー、可哀そうになあ」

「血も涙もないなあ」

群衆の中から声があがるが、そのたびに四ヶ所の者が六尺棒でド突きまわす。悲鳴と抗議の声が飛び交う中、行列の最後に、のっそりとやって来たのが孫太夫とソメ権だった。

二人とも返り血を浴び、赤鬼のような形相である。

「おい、権よ。お互いよう働いたな」

「へえ」

「格之助に初太刀をつけたンは、お前や。えらい御褒美も出よるで」

孫太夫が褒めても、浮かぬ顔だ。

「どないした」

「わいは、この捕物行列が嫌でンね。心が痛みまス」

「天王寺一家の者らしくもない」

「梅原さん、わいは心中の生き残りだす。十年前、難波橋の袂で晒されて、四ヶ所に落されました。青い三河縄でくくられて、この道歩かされましてん。黒焦げで引かれてく大塩親子見てると何や知らん、物悲しなりましてな」

「さよか」

孫太夫は、にやにや笑った。鬼や羅刹と蔑まれた四ヶ所の手練れが、人がましい事を口走るのも、心が乱れているためと軽く考えていた。

(柄にもない話をしよる奴)

孫太夫は仕事のそれを除いては、人の情緒や感覚に、さして関心を持とうとしない。もともとこの男は、他人への思いやりが薄かった。さればこそ諜者などという生業(なりわい)に甘んじているのである。

この人としての欠陥が、大坂城代や奉行跡部をして「化生(けしょう)」と呼ばしめるもとになっているのだが、孫太夫は気づいてもいない。

泡界は、そんな化生の背を怒りに燃えた目で睨んでいる。

(あ奴だけは、この手で)

幸助は殺気を感じ、あわててその背を小突く。

泡界も我にかえって、表情を戻した。

懐ろから数珠を出して、その場凌ぎの経を詠んだ。

大欲得清浄　大安楽富饒
三界得自在　能作堅固利……

大欲によって清く安楽に、三界で自由に目的を尽げたまえと唱えると、その姿に感じ入ったものか。捕物行列の見物客が、袖口に銭を放り込んでいく。

ほどなく袖は鐚銭で重くなった。

「行きましょう。これでは増々目立つ」

幸助に背を押されて、泡界は渋々その場を離れた。


その後、別所にいる妙海のもとへ、次々に情報が入って来た。

大塩父子の最後について、である。別所の中に四ヶ所の紐付きが潜んでいるように、妙海と気脈を通じた者が四ヶ所の中にもいた。

「中さんと格之助どんは、やはり硝煙を放った、いうこっちゃ」

妙海は泡界に語った。

「斬り合いの末、美吉屋の離れに火ィつけて、その中に飛び込み、自害したらしい」

与力内山彦次郎は、現場でその死骸をあらため、奉行所支配の高原溜(たかはらだめ)へ送った。

ここは未決囚の病人や死骸を収容する不浄溜りである。

大塩父子の焼死体は、巨大な桶に入れられ、大量の塩に漬けられた。すぐに刑場へ晒さなかったのは、江戸の幕閣にその審理を委(ゆだ)ねるためである。

大塩中斎以外にも、そこには十人以上の自害した洗心洞塾生たちが「保管」されていた。

「いずれ、塩詰めの御遺骸は取り戻します」

泡界が言うと、妙海は、

「よせ、無益なことや。それよりな」

事件の詳細を、瓦版(かわらばん)にして売った方が良い。

「それが功徳と思わんか」

「左様なものですか」

泡界はその記事を書かされることになった。ちびた筆先を舐めながら数日、不承不承文机に向っていると、別所の中が騒がしい。

「ひとが文字書いてる時に、気を散らせやがって」

久々の江戸弁で毒づいて外に出ると、小屋の人々が走って行く。別所は小さな町の造りになっている。数本の通りが交差し、中央に井戸と広場がある。

そこに、一人の男が引き据えられていた。まわりを険悪な表情の男女が取り囲んでいる。中には棒を構えて、今にも男に殴りかかろうとする者もいた。

泥棒市の差配をしているそでという初老の女が、大きな掌で男の襟首を摑み、

「おい、和州。おのれが天王寺の犬やいうことは、わかっとんのや」

「か、鑑札貰てるもんなら、わいの他にも、こ、ここにはぎょうさんおるやろ」

和州は、逃散百姓から町まわりの品玉（お手玉）芸人になったはぐれ者だ。

「たしかにおるが、おのれのように外の下っ引きと落し文のやり取りしとるもんは、他に無い」

そでは、和州の首を摑んでひきずりあげた。

「く、苦しい」

「おのれの袂に入ったこの紙や。『明日の精霊寺御縁日の晩に付け火せぇ』とは、どういうわけや」

取り囲んだ衆の一人が和州の背を棒で打った。数人の者が、それに続く。

「痛あ、助けてくれ」

「なら、吐け。四ヶ所は、ここをどうしよう言うのや」

そでは、広場の固いところに和州を叩きつけた。血を流した哀れな内通者は、泡界の足元に転がり寄った。

「坊ンさん、助けとくなはれ。殺されるう」

泡界はやさしく、その肩を叩いた。

「おまはんは、偉い。口が固いわ。密偵の鑑や。褒美に」

人垣の中に頭ひとつ突き出ているウド松を見つけると、来いと顎をしゃくった。

「ひと息で息を止めたろう」

ウド松が人垣を掻き分けて進み出ると、和州は泣きくずれた。

「たすけてくンなはれ。親方の言葉には逆らえなんだ。何でも言うから命ばかりは」

泡界は、ウド松を遠避けた。

「吐け」

「明日の朝、寺社方の裁許が下るんや。火の手があがると同時に、四方八方から打ち込みがある」

泡界とそでは顔を見合わせた。別所の中は大騒動となった。

「皆、静まれ」

妙海が出て来て、皆を取り鎮める。

「大塩騒動の最後の始末とて、この別所をつぶそうという大坂城代の腹や。されど、僅かばかり逃げる隙がある。まず、女や子供、足弱の老人から先に逃せ。家財道具は身のまわりのものだけ持て。詳細は町の小頭の言うことを聞いてな。とにかく、あわてず動くべし」

散れ、と命じるとそこにいた人々は、一斉に四方へ走った。

「さあて、わしらも逃げる」

「師よ、何処へ」

泡界は神妙に問うた。

「予々（かねがね）こういう時に備え、別の巣を設けてある。刷り物道具を運ぶ手段も考（こ）うじておるわい」

「流石は師の上人」

「烏滸にすな。わしを誰やと思とる。角座の芝居で知られた妖僧法界坊の元型やぞ」

呵々と笑った。

それからが忙しくなった。別所入口の見張りを強化する。その頃から再び出入口の柵前に、下っ引きの人数が増えていく。

「あ奴らが難やなあ。夜逃げがバレてまうで」

妙海は、生玉さんの森に面した柵を壊した。そこから女子供を逃がそうとしたが、所帯道具を欲ばる者、赤子を泣かす者など、どうしても秘やかに動くというわけにはいかなかった。

「策に落ちてもうたなあ、どないしょ」

「師よ、こういう話を御存知か」

泡界は、ささやいた。

「古、頼朝石橋山で大敗し、これに味方した土肥の実平の屋形は平家の軍兵に囲まれたが、土肥の者どもは一計を案じ、敵前で宴を張った。何事、と平家侍が油断している隙に、屋形を空にして逃れた、と」

「あとで実平は、火の掛かった自邸を眺めて一節、謡ったというな。能『謡坂』の筋や」

すぐに妙海は、気のきいた者に声をかけた。

「逃げる者は酒を置いてけ。残る者は、覚悟して飲め。今宵のわしらは、源平の実平一党やぞ」

貧相ながら干魚や漬物など広場に並べて、即席の宴が始った。

居残りの芸人は、野卑な歌をうたう。逃散百姓たちは、笛や太鼓を奏して、在所の祭り囃を再現した。皆に請われて泡界も例によって自慢の喉をふるわせる。

宴の輪の中で彼が披露したのは、いつもの春歌紛いではない。堂々と大塩を讃える歌だった。

〽大塩がぁ　あまたの本を売り払い　これぞまことの　無本（謀反）なりける

〽石火矢の　のぼりて見れば煙りたつ　民を救うと　書きつけにけり

後の句は、難波に都した最初の天皇仁徳帝の、煙立つ民のカマドは賑いにけりの古歌をもじったものだ。

「良きかな、良きかな」

妙海は手を叩いた。泡界の歌が、乱に参加した者のみが知る事実を謡っていると、この老人は知っている。

「この歌を、な」

そばで手拍子を叩いていた違法刷りの職人に耳うちした。

「書きしるしとけ」

妙海は、この弟子の「性軽忽」を心得ている。即興の歌作りはうまくとも、その後、己れがうたった歌を平然と忘れてしまう迂闊さまで充分理解していた。

職人は矢立てを取り出し、一言一句余さじ、と泡界節を書き止めていった。この歌が後に、全国の幕政批判者へ、白布が藍に染まるがごとく広がっていくことを、この時の妙海も宴の者らも気づかない。

「別所の阿呆ゝだらども。ちゃんちきやってけつかる」

生国魂参道に、捕物仕度で集った四ヶ所の手下どもは歯ぎしりする。

「どないしまひょ。もう踏み込みましょか」

下っ引きの一人が音曲の音にいら立って尋ねるが、副差配のソメ権は、坊主十手の柄でそ奴の腹を打った。うずくまる下っ引きに小声で、

「寺社方御使者が御到着前に打ち込めば、三尺高いところに上るのは、おのれやぞ。わかっとゝのか」

威しつけた。しかし、少々心配を感じたのか、差配役の孫太夫に具申した。

「あ奴らの様子が、普通やおまへん。何やヤケクソで酒飲んでるみたいな気もします。御許可が出てからの打ち込みは、遅いような気もします」

「そうやなあ」

この時、孫太夫の耳にも泡界の、大塩があまたの本を売り払い、の歌が聞こえてきた。

(あれは、もしや)

集目清二郎の声ではないか、という気がして来た。

「よし、皆に掛かる用意をさせよ」

と言ったところに、轡(くつわ)の音がして参道を騎馬の者がやって来た。

先頭に高張り提灯と馬印がある。ようやく寺社方役人の登場か、と一同安堵する。しかし、このあとの作法が彼らを苛つかせた。

「寺社奉行配下何某である。つつしんでこれを受けよ」

陣笠を被った役人は懐ろに挟んだ書状を、まず召し連れて来た生国魂神社の僧と神官の前で読みあげた。当時は神仏混交だから別当寺の僧は格が高い。

「これより境内別所に兵（実際には捕り手）を入れる。異存は有りや無しや」

すると僧は白衣の裾を払い、渋い声を発した。

「この生国魂社は、延喜式の名神大社にして、御祭神は……」

と神社の由来を語る。一応は境内の立ち入りに抗ってみせるのだ。この芝居がかった作法の間中、捕り方は傾き、洟をすすることもなく黙りこくっているしかない。

この様子を柵の内から観察していた一人の男が、妙海に報告した。

「そろそろ来まっせ」

「ようし、逃げ刻や」

宴の者は、酒をあおるとその器を叩き割った。

「皆、逃げ道は心得てるな」

「心得てます」

「気ィつけよ。捕ったらただで済まんぞ」

「その言葉は、そっちに返しまッわ」

それぞれ、勢い良く思い思いの方角へ散り、広場には、密偵和州だけが残った。棒っ杭に縛られて、息も絶え絶えの姿である。

泡界は、酒の器を拾って和州の口に持っていった。

「お前、命拾いしたな。仲間に縄解いてもらえ」

酒をぐびりと飲ませてそこを離れた。

「さて、皆は去ンだな」

焚火のまわりを見まわした妙海はすたすたと歩き出す。

「どこ行かれます」

老人は別所の表に歩いていく。泡界は驚いた。

「そっちは危い」

「思案のうちや」

一軒の小屋に入った。神社の土塁(どるい)へ斜めに掛けられた物置きである。

「そこの空樽をのけてみよ」

樽を除くと、木の扉がある。開ければ、黴(かび)臭い冷風が吹き上ってきた。

「抜け穴ですね」

「入ったら、早よ扉を閉めるのや」

驚くべきことに、中は石組みになっている。天井は低いが、腰をかがめて歩くことができた。

妙海は袂から紙燭(ししょく)を取り出して、切り火を打った。あちこちに水が溜っている。壁には、灯火を置く張り出しもある。

「何ですか、ここ」

「真田の抜け穴や言う者もおるな」

妙海はひひひ、と獣じみた笑いを発した。

「このまま南に延びてる。真田が掘ったなら、城から出ているはずやけど、これは逆や。徳川方が攻め口にしたか、後で作った麹室の名残りやろなあ」

「よく見つけましたね」

「なに、最初に別所をあそこへ作ったのも、この穴があったからや。それより、紙燭の火を消すな。道が二叉になったとこを左やぞ」

何度も石に蹴躓き、水溜りに足を突っ込み、ようやく石の壁に突き当った。

「行き止りです」

「その石は動く。わしの力では無理やけどな」

胸の傷が痛むが、そんなことは言っていられない。力を込めて揺ると、隙間が開いた。黴臭い空気が吹き払われた。新鮮な風とともに夜空と星が見えた。

「源聖寺さんや、知ってるか」

「勧進相撲の折は、力士の宿舎となるあそこですね」

「この穴は、寺の横腹に開いてる。天王寺さんに続く土塀の端がそこや」

亥ノ刻（午後十時頃）を告げる拍子木が鳴っていた。生国魂神社の森から、気味の悪い声が聞こえ、すぐに絶えた。

別所を制圧した捕り手どもが、鬨の声をあげたのだろう。

「皆、うまく逃げのびられたかのう」

妙海は肩を縮め、低く嚔をした。

「行こか。ついて来う」

老人は袖口で鼻先を拭い、南へ歩き出した。その足は存外早い。


「別所」の不法建築群は、数日かけて破却された。

違法刷り物の版木数百点が押収され、安治川の河辺で焼き捨てられた。処分が全て終ると、大坂城代は、大塩捕縛に功のあった者たちへ褒賞を与えた。城代家臣で油掛町に出役した岡野弥一右衛門以下八名の士には、銀二枚、刀の研ぎを名目に同二枚と感状が渡された。四ヶ所の親方衆には酒一樽ずつ。実際に立ち働いた孫太夫には、僅かに白扇一本、紙一帖のみであった。

これは東町奉行跡部山城守が、あえて彼の功を上申しなかったからであろう。

「馬鹿にするのも、ほどほどにせい」

孫太夫は、天王寺小兵衛相手に酒を飲み、愚痴を垂れた。

小兵衛も不憫に思ったのだろう。一家の息がかかった遊里に送って慰めようとしたが、そこで彼は抜刀して荒れ狂った。

大坂三郷を陰で操る裏社会の親方も、これには弱りきり、内山彦次郎に泣きついた。

「何ちゅう、アレ者をうちに押しつけなはった。どうして良いやら、仕木に困っとります」

「流石の小兵衛どんも、匙を投げたか」

「されど梅原さんには、わてぇも同情しきりや。信賞必罰は奉行所の表看板やのに、此度褒美の軽重はおかし過ぎまっせ」

「わかった、わかった」

内山は小兵衛の顔を立てて、孫太夫を役宅に呼び出した。

「御城代の御意向に不満と聞いたが」

「拙者ばかりやござらぬ。手先の者どもも不満をつのらせてございます」

孫太夫は、わざと固苦しく答えた。

「城方は、身分ばかり御重視。出役するだけでろくに働きもせぬに銀数枚。こちらは刀瘡を作って、やくたいもない扇ひとつ。献残（祝物の買い取り）に売って文銭数枚にもなりませぬ。これで怒らぬ者は人ではない。いや、拙者は化生の者、忍びの端くれでござるが」

皮肉を言い放った。内山は、そこは世慣れた町与力だ。腰の扇子を広げると、袂から銀子を二枚出して乗せた。銀本位制の大坂では一般に丁銀を用いるが、これは純製の甲州武田家の古銀であった。

「御城代、御奉行が如何なお考えであろうと、わしは、お前の働きに感嘆しとる。これは、わしが城より貰うた褒美や。そちらに譲ろう」

「左様なことは」

孫太夫は、あわてた。

「結構でござる」

「ま、取っておけ」

畳の上に銀を並べた。波目のあちこちに武田菱の刻印がある。一枚六十匁（一匁六・三七グラム）これが江戸では金一両になる。それが二枚。

「跡部殿は早晩、御兄上越前守様に呼ばれて、江戸に去るやろ。大塩もいない今、わしがこの大坂を牛耳(ぎゅうじ)ることになる。それまでの辛抱や。決して自暴自棄になるな」

「はっ」

目の前の銀子を懐ろに収めて、孫太夫は平伏すると、

「大塩の残党はまだまだ残っております。その探索に、以後も邁進(まいしん)いたします」

例によって勝手に隣の部屋から庭に去った。

(化生め……されど)

内山はつぶやいた。

「我が弁説も捨てたもんやない」

ちなみに彼は自伝の中でこの年、与力としての褒賞に触れて、

「盗賊取締りと市中臨時廻りで銀九枚。昨年来の米価引き下げと買い米の御骨折り料で銀十四枚。別に御用繁多の慰労金として銀五枚。その他多額の金品(以上要訳)」

を内々に受けた、と誇らし気に記している。

この中の、市中臨時廻り……が、大塩捕殺の功労金であろう。

実際骨身を削った孫太夫に、恩着せがましく銀子二枚を譲ったとて、さして痛くもない。

思えば立ちまわりのうまいこの小役人こそ、孫太夫のさらに上を行く人外の化生であった。

別所を出た妙海と泡界は数日、阿倍野(あべの)の南に潜伏した。現在の阪堺線、帝塚山(てづかやま)駅附近と思えば良い。

畑の中に古墳が点々と連なっていた。中でも地元の者が「大塚」と呼ぶ長さ六十間（約百九メートル）、高さ三丈九尺（約十一メートル）の前方後円墳は、泡界たちを圧倒する。

今では関西の高級住宅地のひとつに数えられる帝塚山も、天保の頃は飢饉で家を捨てた浮浪人の巣窟となっていた。

妙海はかねてより人伝てに、ここの乞食頭と交流があり、すぐに塚の横穴を与えられた。その頭という奴が自慢気に、

「いにしえ人の墓を暴く盗っ人どもが開けた穴や。人埋けとく穴やないから、安心せえ……て、あんたらは坊ヮさんや。ゆうれい（幽霊）の心配はいらんか」

髭もじゃの顔をゆがめて笑った。

「墓盗っ人とは、いつ頃の事で」

泡界が尋ねると、頭は即座に、

「講釈の『太平記』。あれに出る後醍醐天皇さんの先代（花園天皇）が、墓泥棒捕らまえたいうから、五百年は軽く越えるやろ」

すらすらと答えた。妙海は二人のやりとりを、聞くともなしに聞いている風であったが、その頭が行ってしまうと、

「ここも、すぐに出なならんな」

とささやいた。

「なぜです」

「あの頭よ」

横穴から外を睨んで言った。

「説教法師でもあるまいに、妙に知識誇りする。ああいう輩(やから)が一番(いっちょん)あぶない」

次の日の夕刻、泡界が借りた鍋で麦粥を作っていると、六尺棒を抱えた地元の若い衆が十人ほどやって来た。

「塚石の代官所御用や。昨晩泊った坊主て汝(われ)か」

「そうやと言うたらどないする」

「代官所に投げ文があった。御手配の別所者なら、召し捕らなならん。いゝや、違う言うても縄掛けて引いてく」

焚火の脇で居眠りしていた妙海が、薄目を開けた。

「乱暴なヒトたちやな。ここらの在(ざい)か」

「ああ、北畠(きたばたけ)神社の氏子(うじこ)や」

「なら、これ御馳走(ごっそ)したろ」

妙海は、袖口から小袋を取り出すと、焚火の中に放った。

炎が吹きあがった。捕り手は悲鳴をあげた。

「弟子よ、逃げるで」

「合点」

師とその弟子は、闇の中に走る。笹藪に伏せて追手をやり過ごした。

「やはり密告された。人を頼るには今以上の用心せな」

「よく火薬なんぞ持ってましたな」

「わしはお前の師やぞ。弟子と同じもん作れんでどうする」

「驚き入ったる御才覚」

芝居がかった口調で、泡界は頭を下げた。

その日は月の加減も良い。遠く行き来する提灯の火に背を向けて、二人は再び夜道を歩き出した。

昼は畔の陰や茂みに伏せて眠り、飲まず食わずで三日。大坂の東の縁、生駒山地の麓にようようたどり着いた。

若江のあたりで崩れかけた堂宇を見つけた。妙海を寝かしつけると、泡界は腹の足しになる物を探しに出た。

干し忘れた大根の切れっ端と、野仏に供えられた餅を見つけ、飛んで帰った。

「師匠、良いものが手に入りました」

「これはこれは」

空腹と疲労で衰弱していた老人は、ヒビ割れた餅を伏し拝んだ。

「石の地蔵に餅を供えるとは、このあたり飢饉の心配は、すでに無用となっておるようや」

老人ながら妙海は頑丈な歯を持っている。その石のように固い古餅を、音を立てて噛み砕いた。

「これよりいかがしましょう。大和国に入りますか」

南都（現奈良市）は、僧形の者にやさしいと聞く。

「わしは法界坊妙海や。名も来歴も、彼の地では知られ過ぎてる。それに南都支配の大和所司代には、ケッタイな禁令が多くてな」

　鹿を殺せば石子詰め（生き埋め）。大寺に睨まれた僧、不法な木版を刷った者は、奈良坂で百叩きのあげく、寺の下人に落される。

「この河内に腰を据えるが上策や」

「当ては」

「あるにきまっとろうが」

　妙海は餅に混った石を、ぷっと吐いた。

　翌日、二人は東の高野街道を歩いて、石切道に入った。

　石切神社の鳥居脇を、真東に別の参道が通っていた。先は生駒の山中につながる。山のあちこちに祈禱師、呪術師の集落があるという。

「そこで爪弾きされた偏屈者が、山を下ってこの参道脇に隠れ住んどるのや」

　海千山千の祈禱師たちが嫌う者とは、想像を絶するねじくれに違いない。

「わしが古くから懇意にしていた者もいる」

「偏屈な占い師ですか」

「塚の中住んどる小才のきいた奴より、よほど人が純や」

　間口が人の肩幅ほどもない、破れ格子の家々が肩寄せあった一角に出た。

「め」と書いた看板、角の折れた鬼の絵を描いた張り紙を潜って露路に入れば、広い板敷の広間に出る。まるで剣術道場のようだ。

「ここは」

「入口は一杯あるが、全部ここにつながっとる」

外観は住宅の群と見えたるものの、実は一軒の巨大な建物らしい。

「昔は踊り念仏をする道場やった。今そんなことしたら、床が抜ける」

妙海は板敷の中央に座り、傍を手で叩いた。座れ、という。

泡界は座って頭上を仰いだ。巨大な梁が剝き出しになっていた。

「新しい刷り場や。まあ、新別所いうところか」

「市中からかなり離れています」

「その分、奉行所の手も及ばぬわ」

妙海は埃臭い板敷に、どたんと大の字に寝転がった。

と、背後に人影が立った。いつ部屋に入って来たかわからなかった。

小柄な老婆である。髪は古風な垂髪。薄汚れた白衣と緋の袴をつけていた。

「これは妙海御上人。よくぞ参られまいた」

小声で挨拶する。

「一瞥以来や、射干玉の媼」

妙海は、がばりと起きて頭を下げた。

「これなるは我が弟子。泡界坊浄海と申す。見知り置かれよ」

「これは」

老婆は泡界の顔に手を触れた。目が不自由らしい。

「良い骨柄の御弟子を持たれた」

「嫗、かねての手はず通り、ここを使わしていただく」

妙海の態度は貴人に接するがごとくである。

「明後日から人も増える」

「心得たり。さぞ空腹にてあろう。粥を召されよ」

老婆は、先に立って奥に案内する。その動きは老いた家猫のように、しのびやかだった。

「師よ、あれが偏屈者……」

「しっ」

妙海は、老婆をおそれる風であった。

塩味の菜粥だが、二人は人心地つく。妙海は紙と筆を借り受けて何か書き込み、固粥の椀を手に立ち上る。

「弟子よ、ついて来う」

今度は何ぞ、と追って行けば石切神社の大鳥居脇に出た。

迷子石が建っている。行方不明の人々を探す掲示板のようなものだ。右側に尋ぬる方、左側に教える方とある。一丈（約三メートル）はあろうかという、大きな石の塔だ。

「肩車せい」

泡界が老人を持ち上げると、尋ぬる方の上部に粥汁で紙を張った。

「『午吉四歳、背高き方、色浅黒、天保六年乙未』……、こりゃ何です」

「合図にきまっとろうがよ」

張り紙の効果は、すぐにあらわれた。

三日ほどすると、旅姿の男女が「道場」の戸を叩いた。

「御上人、よくぞ御無事で」

顔を合わすなり泣き崩れた。妙海も二人の手を取って、

「苦労したであろう。ここならもう心配ない」

ともに泣いた。男女は、泡界も良く知る別所の刷り師夫婦だった。

次の日も数人、その次の日も数人といった具合に見知った者が訪れ、ほどなく十人近い人数となった。

自然、話題は、そこへ顔を見せぬ者の安否に及ぶ。誰それは捕まった。誰それは他国へ逃れた、という話である。中には、

「四ヶ所の者に、安治川へ放り込まれた」

「瓢簞町(ひょうたんまち)の辻で、役人と斬り合うて死んだ」

悲惨な報告も幾つか出た。

(司直(しちょく)の手は苛烈だ)

泡界は、あらためて御法度刷り物を扱う身の、危うさを思った。

四月の初め、皆揃っての夕餉を済ませると、妙海は一同の前に、柿渋染めの大袋を置いた。

「明日から別所の商売を再開する」

「版木や墨は。道具も揃うてまへんがな」

一人の彫り師が言うと、

「心配すな。すでに某所へ手配済みや」

「御上人、御用意が良い」

「別所が健在の頃より、用意周到が我が慣い。そうでのうては、御公儀批判の落し文など作ってられん」

妙海は、金が詰っているであろう袋を叩いた。

「紙は大和郡山から来る。版木は五條、墨は龍田（斑鳩村）からや。大和では銭さえ出せば、何でも揃う」

「そのお銭々はどのように」

「皆が働いて稼いだ分を少しずつ抜いては、ここに隠しておいた」

別所の者たちも苦笑するしかない。

翌日から、夫婦者、やもめに住いを宛った。参道の周辺はさびれて空家が多い。全て飢饉で住民が絶えた家だった。

家主や神社の社僧らには、山を追われた哀れな祈禱師たち、と伝えている。身元引き受け人はぬばたまの嫗というと、何事もなく受理された。

生駒山地を越えて、荷運び人が持ち込む材料は、いったん道場に集められ、各家に分配されていく。

「どや、ええ紙やろ。墨も上質。読み売りなんぞに使うにはもったいない品や」

妙海は、紙を手にして目を細めた。たしかに、これだけの品は大坂の町なかでも手に入るまい。

「師匠が、河内国境いを根城にしたわけが、ようやくわかりました」

「お前も、自慢の知恵を絞って文作せよ。刷り師を遅らせるな」

「さあ、そこが難」

泡界は首をひねった。

「かように田舎では、町の噂が伝わりません。かと言って、おいそれと市中を歩きまわるわけにも」

「そこも考えてある」

自分の丸い頭を、老人は指差した。

しばらくすると、巡礼姿の者が門口に立つようになった。彼らは一様に紙包みを差し出す。妙海が対応に出て受け取り、喜捨をした。

包みの中味は、漬物や土人形といったものだが包み紙は、兵庫や堺で出まわる瓦版だ。

「本物の巡礼ですね」

「これから暗闇峠を越えて南都に入り、七大寺詣でする者らや」

「素人は危いかと」

「何も知らんから危くない」

妙海は、大事そうに瓦版を掌で広げた。

「あれらは巡礼宿で包みを渡される。石切の道場に運べば、必ず喜捨が受けられると教えられてな」

瓦版の内容は、さほどのこともない。お上からお目こぼしされている品だ。継子殺し、狸の祟りといったたわいもない話が並んでいる。

「これを、どう料理するかが、お前の腕の見せどころやで」

「気易く申されること」

泡界は文机に向った。家の修羅劇や妖怪話でも、無いよりましなネタである。戯れ歌、「ちょぼくれ」節に変えて、御公儀を揶揄できぬものか、とあれこれ首をひねるうちに、季節は立春となる。

「そろそろ東照宮御祭礼か」

巡る季節の早きこと、と石切社の笛の音に耳を傾けていると、妙海が出て来た。手甲脚絆を着け、手に替えの金剛草鞋まで下げている。

「少し他行するで」

「南都まででしたらお伴します」

「いや、伴は別にいる。半左衛門や」

別に頑丈な男ではないが、彫りと刷り両方ができる器用な奴である。

「ちょっと遠方や。留守の差配は頼むわ」

「いつ戻られます」

「それは向う様次第やな」

いつに無く老人は、秘密めかして首をひっこめた。

老人が旅立つと、泡界の仕事は即座に増えた。職人たちへ支給する味噌醤油、紙、版木の勘定。巡礼たちの持ち込むネタをもとに版作りの談合。時には職人たちの諍いを仲裁し、夫婦喧嘩に割って入る。

「師も、老いた身で、こんなことに日々心を砕いていたのだなあ」

改めて妙海に畏敬の念を抱いた。職人相手の実務が終って夕餉の後も、休んではいられない。

射干玉の嫗が、

「これよ、腰が痛む。泡界、頼む」

揉み療治を頼みにくる。家主の求めとあれば、それもすげなく断ることはできぬ。

祈禱の場に薄縁を敷き、背を向けた老婆の小さな肩につかまると、大塩蜂起を待ちながら、妙海の背を揉んでいた頃を思い出した。

「婆さまは」

妙なところに固い筋がある、と泡界が指摘すると、

「隠すこともない。わしゃ、もとは信濃柏原在の、麻織りの娘よ。機を打っていたからの。その頃のコブやろのう」

揉みが気持ち良いのか、長々と息をついた。

「我が在所は黒姫山の麓での。霜月初雪が降れば、いまいましと天を呪い、四尺も積れば家をあやしき菰にてくるむ。日夜炉の煙に身を燻べ、悪鬼のごとき形相。多少、見日の良い者は、男が江戸へ米搗き、女は女郎。わしも言い交した者があったが、十六の歳に売られた。しかし同国望月の里で逃げ、山中をさ迷ううちに、歩き巫女の元締めに助けられた。以来、この生業やわいのう」

「それは御苦労なされた」

「親がわしを売ったは、村の一揆がきっかけであった」

「それはいつのことで」

泡界の問いに老婆は、はっきりと答えた。

「忘れもせぬ。安永五年（一七七六）申（さる）の年。わしは十六であったるわ」

文政は十二年、文化は十四年、と泡界は年号を数え、

「げっ、媼は御歳九十七になられますか」

「そうなるかのう」

しれっと射干玉は答える。この時代としては驚くべき高齢であった。

「柏原は天領ゆえ代官がいる。これが重税をかけたため、百姓は一揆を起した。公儀は軍兵を繰り出し、村を焼き主謀者は獄門よ。貧しい村はさらに貧しくなった。その頃、わしと言い交した者も『椋鳥（むくどり）』（出稼ぎ人）となり、逃げるように出て行った。その者、弥太郎と申したが、風の噂で俳諧師になったと聞く」

「また粋な生業」

「こういうたわいもない句を作った。『初雪やといえばたちまち三四尺』」

「さて、どこぞで耳にいたしましたな」

「これはどうじゃ。『痩せ蛙負けるな一茶これにあり』」

「それは――俳諧寺一茶坊（いっさぼう）（小林一茶）の句」

「おや、存じておったか」

一茶は天明以後、江戸の文化人にその軽妙な表現が好まれた。が、一般に知られたのは、こ

の半世紀ほど後。明治に入って正岡子規が、世に紹介してからである。

「泡界法師は物知りよの。しかし、これは知るまい」

　老婆は白髪の垂髪を揺って笑いこけた。

「この一茶弥太郎。交接が三度の飯よりの好き者であった。何度も若い女子を嫁にもらうが、それがすぐ逃げる。夜の床が」

　激し過ぎるため、皆逃げ出してしまうのだという。

「おだやかな句をひねる御仁ではありませぬな」

「好き者の一茶が、唯一逃げ腰であったのが、このわしであった。これも女の武功自慢と申すべし」

　際（きわ）どい事を言った後、急に、

「御上人は、その柏原に向われたようじゃ」

「左様で」

　射干玉は、妙海に留守居を命じられた泡界が、少し気の毒に見えたのだろう。

「御上人は一茶と付き合いもあった。一茶弥太郎の裏の顔は、天領百姓を指図して一揆を企む無法人であったわい」

　と言葉を足した。

「一茶は十年前、すでに死んでおるが、彼の者の遺志を継ぐ輩は、北信濃より越後一帯に連絡（つなぎ）を持っておる」

「読めた」

泡界は揉み手を止めた。北国（ほっこく）の天領百姓は、大塩の乱をきっかけに不隠な動きを見せている。

妙海は、その扇動に赴いたに違いない。

（彼の地で、檄文を刷るつもりだ）

さればこそ、職人の半左衛門を伴ったのではないか。

「これ、手を止めるな」

射干玉は、幼児のように手足をばたつかせた。

8 道楽坊

この時代、物流の進歩は凄じいものがある。

「べざい」と呼ばれた千石積みの弁才船（べんざいぶね）は、それまで一ヶ月かかっていた大坂、江戸間を早くて六日弱、平均でも十二日で走破した。

これは東海道を行く飛脚とたいして変らない。蝦夷（えぞ）貿易が盛んになった日本海航路も、弁才船の採用で所要日数が短縮された。

各地の情報も、船が運ぶ。北国の有様は能登を迂回し、越前敦賀（つるが）から近江路を通って京大坂に至る。

越後で騒動があったと新別所に伝わったのは、石切神社夏の例大祭が行われる直前のことだ。

いつものように巡礼が来たと聞いて泡界が対応に出ると、珍らしく小ざっぱりした女であった。

(女巡礼とは、どことなく艶(つや)やかで良いなあ)

泡界は思った。その女が黙って差し出す包みを受け取った。ずしっと重い。思わずその場で開けてみれば、中味は石ころだ。

包みの方が目的とはいえ、これには異様の念を抱いた。

「何や、これは」

「太融寺裏の石」

「なんやて」

女巡礼は口元の布を外した。

徒(あだ)し女、さわの顔が現われた。

「清さんと最後におめこした、水車小屋の土台石や。あそこも四ヶ所の者に火ィかけられてしもた。懐しいから拾てきた」

「さよか」

「何や愛想なしやなあ」

「包みの中味はどないした」

「干し昆布(こぶ)やったけど、途中で銭に替えた。長旅の足しにさせてもらう」

泡界は動揺したが、それをおくびにも出さず、

「ほんまもんの巡礼になりよる気か」

「四ヶ所の阿呆を、二人ほどあの世へ送ったさかいな。伊勢にでも逃げよ思うてる」

「気いつけいよ」

「うん。それより、この瓦版見てェ」

さわは自分から包み紙を広げた。下手くそな人物と火の手の図柄だ。

「『大塩残党と申す者ら、当年皐月（さつき）の晦日（みそか）、やにわに越後御代官所に乱入……』、おやおや」

泡界は、静かに文面を目で追った。さわは、その冷静さに少し焦（じ）れて、

「ちっともびっくりせんのやな」

「これへ合力した人に少し心当りがある」

「ふーん」

さわは、手を出した。

「巡礼に御報謝」

「とんだ阿波の十郎兵衛とおつうや」

泡界は多目の銭を女に握らせた。

「餞別やで」

「ありがと」

泡界の、汗臭いボサボサ頭に顔を寄せ、その耳たぶを噛んだ。

「い、痛いがな」

「ふふ、お礼や。こういうの好きやろ」

さわは、身をひるがえして門口に出た。外は真昼の日差しに照り映えている。

「前も言うたけどな。あんた、下手な西国言葉は使わんといた方がええで」

それが別れの言葉だった。

彼女が去った次の日から、越後騒動の二報三報が届く。北前船ばかりか、瀬戸内廻りの船が持ち込む情報も含まれていた。

それによれば、大塩の残党を名乗ったのは柏崎在住の生田万なる浪人学者。

越後中部は、幕府天領と諸大名の飛地領が入り組んでいるが、中でも柏崎は伊勢桑名藩が、代官所を置いたことで知られている。

生田は元野州館林藩の藩士だったという。国学者平田篤胤門下で秀才と謳われたが、藩政改革を提言して追放され、柏崎に塾を作った。

飢饉にもかかわらずこの地の代官は、農民の救済策を示さない。そればかりか買い占めによる米の投機まで企てた。

生田は再三代官所に訴えを出して足蹴にされた。その頃、大坂の大塩蜂起が越後に伝わる。

これに刺激された生田とその門弟たちは、まず飛地領の庄屋宅に斬り込み、軍資金を得た。

翌日、決死の士十四名で桑名藩代官所も襲撃する。この時、彼らは自ら「大塩門弟」を名乗り檄文を撒いた。

驚いた代官は逃亡。しかし、近隣の長岡藩牧野家の兵が出動して、闘争の末にこれを鎮圧する。

生田は負傷し、その場で自刃。家族は捕縛された。

翌日後、柏崎の米価は急速に下ったが、大塩流の檄文発見は周辺の代官所を震えあがらせたという。

「皆、もう読めておろう」

道場に集った同志たちを前に、泡界は語った。

「柏崎挙兵の背後には、我らの師がござるわい。これは、越前より船荷に混って大坂に至った越後檄文なるもの。昨日、堺から届いた瓦版に混っていた」

縦長の小振りな紙片を、皆の前にひらつかせた。

「なんや、わいらが刷って撒いた大塩札と同じもんやないか」

一人が文面に目を走らせる。

「よく見よ。あちこち直してある。新刷りや」

泡界は指摘した。

「『大坂へ向い駆け参ずべく』とあるところが、『桑名藩代官所へ押し寄せ』となっている。文末の『極楽成仏を眼前に見せ候いて』が、『天照皇大神の世を見せ申したく候』に変えてある。これは生田万なる者が国学の徒だからだが、こうした直しにも、師の物言いをひしひしと感じる」

「で、わしらにどないせい言わはるんでっか」

女彫り師が尋ねた。泡界は仲間の顔を見まわす。

「みんな、この義挙を一刻も早く刷りたいと思っているな。しかし、少し待って貰いたい。この事は、御上人が戻ってから改めて相談し、絵入りで出したい」

「んな、悠長な。うちら、早刷り早出しが命やで」

「少々雑なもんでも、今刷り出さな、他の瓦版に負けてまう」

「わしら人助け半分やけど、半分はこれで食うてます。売らなならん」

彫りも刷りも不満の声をあげた。泡界は、普段あまり下げぬ頭を下げ続け、交渉の末にやっと十日間の猶予を得た。

（十日か）

泡界は賭けたのである。流通が盛んになったとはいえ、越後は遠い。老人の身でこの旅程は、ぎりぎりだろう。また、生田の乱に参加となれば、最悪捕殺の可能性もある。

「はたして、生きて戻るか」

やきもきして泡界は待った。六月の末、明日は大坂玉造稲荷のお初穂祭りか、と暦をめくっていたその晩。妙海が道場の戸口に立っていた。

（出た）

師が亡霊と化して戻った、と思ったのである。垢と汗にまみれた衣をまとい、うちしおれて立つその姿は、まさに絵にある幽鬼であった。

「なんという顔や。足はあるがな」

妙海は細い脛を突き出した。とりあえず人を呼び、衣服を脱がせて老人に水浴びさせた。射干玉が季節とて冷や粥を出し、道場の真ン中に薄縁を敷いて寝かせた。

刷り師たちがそのまわりを取り囲んだ。まるで常安寺の涅槃図のようだ。気付けに出した冷や酒を、老人はうまそうに飲んだ。

「遅うなったな」

妙海は頭を下げる。越後柏崎を出て、出雲崎から何とか海上に逃亡したが、越前に入り、陸路近江に出た時、役人に怪しまれた。

「大津の宿で捕らえられそうになったが」

伴の半左衛門が脇差を抜いて役人と斬り結び、その間に妙海は逃れた。

「半左は闘死した。首は瀬田に晒されたらしい」

一同悄然とした。妙海は一枚の帳面を取り出す。辻勧進の奉加帳にも見えるが、中味は違う。

「乱の詳細と、生田万の家族についても記してある。半左が、命に代えて守ったものや」

受け取った泡界は皆の前で、声をあげてその一節を読みあげた。

「生田万、名は国秀、字は救卿。越後柏崎『桜園塾』塾頭」

このあたりは経歴である。驚くべきは、その後だ。

「万、死して翌朝、獄中にあった妻鍋。連れの子二人を絞殺し、ついに己れも縊死す」

その後に烈女不見二夫、と題する鍋女の辞世が書かれていた。

「よくぞ、ここまで調べられました」

「わしは本物の僧やからな。弔い僧に混って代官所の牢に入り、妻子の死骸より辞世の書きつけを取った。それやこれやで、帰国が遅れた」

妙海は疲れが出たのか、枕を引き寄せると目を閉じ、軽い鼾をかき始めた。

「おのしらに刷りを待てと申したは、このような話を待っていたからよ」

泡界は、皆がうなずくのを見て立ち上った。

「愚僧は、これより原稿を書く。待たせはしない。者ども、版木、ばれんを手に、机の前で待て」

「応」

職人たちは、足音も高く仕事場に戻っていった。

乗りに乗れば、湯水のように知恵を沸かせるのが泡界だ。

代参に出向く願人のようにねじり鉢巻をして、文机の前に座り、指折り数えては呪文のようなものを書きつけていく。

「できたぞう」

彫り師のもとに駆けつけたのは、次の日の朝だ。

石切の神宮寺で卯之刻（午前六時頃）を告げる鐘が鳴っていた。

「待ちかねたで」

まんじりともせず夜明けの陽を眺めていた彫り師が大急ぎで仕事に取りかかった。

職人たちも泡界の熱意が乗り移ったのだろう。その日の夕刻には、ためし刷りがあがった。

「すぐ、刷りまひょな」

刷り師たちは勢い込むが、泡界は制止し、

「我が師にお見せ申して、許可を得る」

彼は慎重だった。眠っている妙海を揺り起し、それを読ませた。

「得意の七五調だな。いや、これは出来が一段と良い。特に万の妻女の最後などは」

と言って絶句し、はらはらと泣いた。現場を知る者が、これだけ心を動かしたことに泡界は確信を持つ。

（こいつは売れるぞ）

ようやく刷りの号令を発した。皆が作業に取りかかるのを見届けてから、彼も師の横で横になった。すぐに道場の梁を揺るほどの、大きな鼾をかき始めた。

視力の弱い射干玉の嫗は、二人の坊主頭に触れて、

「法師二人の討ち死にか。宇治川合戦の一来法師と浄妙坊のようじゃのう」

と言った。二日ほどして、主版が彫り上った。輪郭線のみの版木である。墨版とも言い、通常はこれに多色摺り用の見当（重ね版の目印）と校合刷り（校正）をするのだが、単色が基本の違法刷りには必要ない。

無用といえば、出版届出や極印、販売に際しての許可料も当然、発生しない。

大きさは半紙四ツ切（縦十六センチ、横十一センチ）。四丁（ページ）一冊の紐綴じとした。これは袖の中に隠し持つ便を計ってのことだ。その紐綴じには、妙海泡界から仕事のあがって手の空いた彫り師までが動員された。

五百部仕上ったあたりでいったん止め、少しずつ売り子のもとに運んで様子を見た。人気が無ければそこでお終い。受けが良ければ重版になる。

違法な刷り物だ。売り子も注文に気をつけた。そのやり取りは、石切大鳥居脇の、あの迷子石である。二日後のこと、

「泡界さん、な。ちっと来とくなはれ」

刷り師の男が手招きする。人目につかぬよう参道の脇を、忍び足で石塔のところまで出た。

「見とくなはれ。この数」

弥太郎、松助、みよ、紋平次など子供の名が記された小型の紙が、迷子石の上半分を覆い尽していた。

「これは注文札か」

「さいな。子供の札一枚が刷り百枚。ざっと見積って、ひい、ふう、みい……六、七千枚も刷らなあかん」

「とても紐綴じなど、やってる暇は無いぞ」

違法刷りは町で大評判らしい。ただちに増刷が始まった。と、同時に人を放ち、その人気を確めようと話が出た。

「やはり、愚僧が参ろう」

町の様子を知りたくてうずうずしていた泡界が真っ先に志願した。

「泡界さんは、四ヶ所のもんに面が割れてはる」

「別所の穴抜けや大塚での騒ぎは、むさんこに評判や。止めとくのが分別やで」

皆、反対する。妙海までも、不安そうな表情となった。

「心配無用。思案がある。タネはこれだ」

袖口を探って紙包みを出した。中には半透明の小さな破片がある。

「ギヤマン（ガラス）か玻璃（水晶）の欠けみたいでんな。なんや生臭い」

一人が鼻をもっていった。不審な物の臭いをすぐに嗅ぎたがるのが浪花者の常だ。妙海だけが、弟子の企みに気づいて、

「無茶すなや。で、いつ行く」

「明日未明に。そや、誰か」

一番着古した男物貸してくれ、と泡界は言った。

袖口の擦り切れた三筋縞（みすじ）の着物に紺の帯。腰に風呂敷包みを巻き、頬っ被りして立ったあたり、夜逃げの片割れにも似ている。

「泡界さん、こら、いかにも怪しい格好でっせ」

皆は首をかしげる。が、泡界は苦笑いして、

「細工はりゅうりゅう。これで地獄の羅卒（らそつ）も騙してみせるわい」

未明の闇がりを、提灯も持たず出ていった。若江、八重の里、今里と歩き、桃谷の手前で手頃な竹杖を拾った。

涌き水のあるところで、右目を洗い、半透明の小片を、四苦八苦してはめ込む。これは大鯉の鱗（うろこ）を干したものだ。たちまち、周囲の風景に薄く霧がかかった。

俄（にわか）盲人になるこの方法を戦国期、安芸毛利氏の忍びは得意とした。イカの筋や薄い練革（ねりがわ）を瞼にはめて、琵琶法師に化けたという。泡界はこれを軍書で覚えた。ただし、左目はいざという時の用心として瞑（つぶ）るだけにとどめた。

これも用意の竹笛を首から下げると、杖を突き突き進み出す。

桃谷あたりで人家が増え、武家地を過ぎれば人も行き交う。

（南船場のあたりに出てみるか）

谷町筋に出て、横堀長堀と渡れば、町の人出はさらに増える。

（そうか。今日から天神祭）

そう思って人ごみを見れば、二本差しの数が少ない。前にも触れたが、祭礼期間中、武士は外出禁止が慣いだ。

北に少し上ると、笛や太鼓の音が流れてきた。心斎橋筋のとある辻では、木魚（もくぎょ）の音も聞こえる。そこに人が群がっていた。

見れば肩にツギの入った着物。置き手拭いした初老の坊主と、三味線ひきの女がいる。昼日中に襟へ赤提灯を差していた。これは辻占売りと読み売りの印だ。

（道楽寺の和尚とは珍らしい）

道楽寺という名の寺は、実際に長柄（ながえ）のあたりに存在する。ひどい荒れ寺で、住持は食わんがために寺を出て、大黒（だいこく）（内縁の妻）に楽器を持たせ、辻に立った。

阿呆陀羅経（あほだらきょう）という諧謔趣味の唄を、木魚に合わせて唄った。ゆえに、これを道楽坊ぽくぽくと呼ぶ者もいる。

「……はああ、およそ世の中ないもの尽し」

と唄っていた。

「今年のないもの程はない。浪花の大雪みたことない。大塩焼けはとほうもない。大塩靭（うつぼ）で爆死して美吉屋お蔵はお屋根もない。捕り方まったく御褒美ない。大塩本当は死んでない。お船があっても乗り手がない」

聞く者は、どっと笑った。

（これはうまい）

泡界は同業者の、作詞のうまさに舌を巻いた。道楽坊は、うたいながら近づいて来る者に袖の中から紙片を取り出しては、手渡し、銭を取っている。

(あれは、おれたちが刷ったやつだ)

この坊主も、仲買いから仕入れているのだろう。ひとしきり売り終ると、

「さあさ、続いて越後の大騒動、大塩平八残党の物語」

とうたい出したから、泡界も驚いた。

「お国は越後の柏崎、御領は桑名の代官所、雨が三年日照りが五年、つごう合わせて八年あまり、あげくに代官強欲きめて、米の買占め、背きゃ百姓過料に入牢……ここに学者の生田万、民の憂(うれ)いは我が苦しみと、大だんびらを振りかざし、代官所目がけて斬り込みなさるゥ」

ちゃかぽこちゃかぽこと賑やかにうたう。大黒も銭を取って刷り物を渡していく。歌が一段落すると、道楽坊は、

「さあて、皆々さまには、大人気、柏崎騒動ではございますが、これには続きがござい。生田万の妻女のお鍋、鄙(ひな)珍らしき容色は、雨をふくめる海棠(かいどう)の、ならでは枝に花イバラ、幼児(おさなご)二人ともどもに、夫の罪で獄に入る」

ここで三味線の伴奏が入った。道楽坊も少し哀れな口調に変る。

「しばらくも望みなき世にあらんより、渡し急げや三途(みつ)の河守(かわもり)、幼児二人を絞め殺し、己れも梁に帯かける、その辞世と申すもの」

三味の音が急に高まった。道楽坊は、ここぞと声張りあげ、

「『手弱女(たおやめ)の、数ならぬ身も一筋に、迷いは入らじ、背の山の道』」

まるで平家物語の壇ノ浦を聞くようだ。黒山の人だかりには、寂として声もない。

が、三味線が止まると、その人垣はどっと崩れた。

「その読み売り、くれ」

「唄本は何ぼや」

「和尚、全部買うたる」

争うように紙片を買い始めた。そのうち、心斎橋筋の橋詰で何者かが、

「来よったで、役人やぁ」

人々は蜘蛛の子を散らすように四方へ逃げた。

あとには、殊勝気に梵唄を唱える道楽寺夫婦と、泡界だけが残った。やって来たのは、四ヶ所の地廻りだ。頭立つ者は、麻の夏半纏をまとっている。その背には、山に心の字が描かれている。道頓堀北を差配する長吏、久左衛門の配下だろう。

「和尚、また、いちびっとるな」

白半纏は、笑いかける。道楽坊も心得たもので、その袖口に銭を放り込む。

「あまり目立たんようにせぃよ」

「次助どんも、な」

道楽坊も、不意の出費に苦い顔をする。白半纏は行きかけて、ふと泡界に目を止めた。

「お前は何や」

「へっ、通りがかりの、こういうもんで」

首にかけた笛をぴい、と吹いた。

「怪しなあ」

「あやしことおまっかいな。この目見とくなはれ」

泡界は鱗をはめた灰色の目を向けた。むろん左目はつぶっている。

「やくたいもない。真昼のアンマか」

按摩の稼ぎは、日暮れからと決っている。

ぞろぞろと去っていった。泡界も行こうとすると、

「待ちなはれ。あんた」

道楽坊が声をかけた。

「俄やな」

偽の盲人と見抜いた。泡界は、ぎょっとして振り返る。

「驚かんでもええ。その歩幅、杖の突き様。音ですぐにそれと知れるわ」

道楽坊はへらへらと笑う。どうやらこの芸人僧は、本物の盲人（めしい）らしい。

「そればかりやない。あんたの身体から薄く墨の匂いさえする。これはわしが持ってる刷りモンと同じ墨の匂いや」

鋭い指摘に泡界が黙り込むと、

「あんた、御法度刷りの仲間やな」

「だとしたら、何と」

「刷りの売れ具合を確めに来たらしいが、危い橋は渡らんとき」

道楽坊は、心斎橋の方に顎をしゃくった。

「今のところ四ヶ所の者も、わしらの扱いはバラバラや。天王寺小兵衛の縄張りでは、瓦版売りも見つけ次第、縄かけられて叩きにあう。心斎橋の久左衛門方（かた）も同然。飛田や天満は野放しに近い」

親切にも取締りの状況を説明した。泡界は問うた。

「しかし、さっきの奴らは久左衛門の手の者。なぜに目こぼしを」

「わしゃほんまもんの坊主で寺社差配や。その上、土橋検校（つちはしけんぎょう）に上納してる」

道楽坊は、二重の権威に守られているらしい。ここで名の出た土橋検校は、大坂でも知られた盲人金貸しだ。

「心斎橋の久左衛門は若い頃、検校から賭場（どば）の金借りて命が助かった。以来、盲人に憐憫（れんびん）の情をかけよ、と手下（てか）に命じている」

「しかし、手下は銭せびりよるな」

「次助の奴か。あれはじゅんさいな奴ちゃ。四ヶ所の掟破って、天王寺一家とも懇意にしとる。近頃では、奉行所の密偵頭にくっついて良い顔や」

「密偵」

その言葉で思い浮かべる者は、泡界にとっては唯一人。

「名は何と言うたかいな。疳（かん）の妙薬売りのような……奥州斎川（さいかわ）孫太郎虫……やなかった」

「孫太夫、梅原孫太夫」

「そう、そいつや」

事情通の道楽坊は手を打った。

「そいつやり手らしい。大塩さんを捕まえに行って爆死させたのも、そいつという」

泡界は、捕物行列の最後尾を行く、その姿を思い出した。

「御法度の瓦版売りの捕縄も、孫太郎虫の差図らしいで」

そこで道楽坊は、ふふっと笑った。

「奉行の跡部は、こいつが嫌いらしい。大塩さん追い詰めても、『捕り方まったく御褒美ない』や。孫太郎虫だけに、虫が好かんいうわけやな」

おもしろい、と泡界は思った。僅かだが、孫太夫の弱点であろう。有益な情報だ。

「兎にも角にも、おまはんは天王寺の縄張り内に入らんことや。特に北船場、阿波座辺は鬼門や思え」

「御忠告かたじけない」

「おい、場所替えしょか」

道楽坊は、女房に声をかけた。彼女の差し出す三味線棹に摑まって、去っていった。

行くなと言われると、行きたくなるのがヘソの曲った泡界坊だ。

とりあえず、西横堀川沿いに歩いて町の様子を確め、肥前屋幸助の店を訪ねてみる気になった。

道楽坊に指摘された杖の突き方に注意を払いつつ、本町筋に出た。唐物商いの看板前に立ち、暖簾の内側を覗くと、帳場の前には番頭だけが座っていた。幸助は他行中のようだ。

白半纏の次助が目をつけたように、昼間の按摩姿は目立つ。急いでその場を離れて横丁に隠れた。

醞気（うんき）が足元から立ち昇ってくる。町の匂いに混って、微かに木々の香りも漂ってきた。

（西に行けば北御堂と御霊社の森か）

蜂起の晩、商家の娘お遥を担いでここまで来たことを、昨日（きのう）のように思い出す。

（もう、『糸善』の寮も焼けたろうなあ）

本願寺の塀に沿って、差し足で歩いた。御霊神社の鳥居前に出れば、商売繁盛の奉納額を掲げる人々がいた。

近所の商人衆だろうか。家族連れの一団も見える。泡界は腰をかがめて石畳の脇を抜けた。

と、小走りに駆け寄る人影がある。泡界は、あわてて右目の鱗を直し、左目を閉じた。

「按摩さん、ウチの旦（だん）さんが御用や、言うてます」

店働きの小女（こおんな）らしい口調だ。

「いや、何の御用だっしゃろか」

「按摩さんに用言うたら、揉みにきまってますがな。さ、来とくなはれ」

「いや、わしには他用が」

と泡界が抗うのもかまわず、小女は強い力で引っぱって行った。

「いやもう、乱暴なお人やな」

じたばたしながら、左目を薄く開けると、向うに立つのは紗（しゃ）の羽織姿の商人だ。背後に手代や女衆が控えている。

「これこれ、盲目（めし）いた人を手荒く扱うもんやない」

商人は小女をたしなめた。その時、背後からすっ、と彼に近づく者がいる。

「お父はん、この人や」

ささやく声が聞こえた。

「間違いないか」

問う声に、やはり控え目な口調で、

「間違うわけ、あらしまへん」

ちょっと舌足らずな若い女の声だった。

「この人がイクタマの粥タローさんや」

誰だそれは、と初め泡界は訝し気に眉をひそめた。が、ふと気づいて愕然とする。

粥太郎とは、あのとき助けた娘に伝えた己れの偽名ではないか。

9 引き札遊び

泡界は「糸善」の茶室に座っていた。明り障子の向うには、御霊社の森が青々と輝いている。

目の鱗を外した泡界は、目の前の茶を法通りに喫した。集目家が藩医であった頃からの教育が、こんなところで生きてきた。

「改めて名乗りおります。これなるは、禁裏御用承わる木津屋与兵衛でごわります」

炉の前に座った五十がらみの男が頭を下げた。

朝廷の権威を屋号の前に掲げるのは、並の大坂商人と異なることを、我知らずのうちに誇っているのだろう。泡界も己れを誇らねばならない。

「これは元洗心洞塾生、集目清二郎。今は出家して浄海と申す、新発意でござる」

「そして、またの名は粥太郎、泡界坊さま」

与兵衛は頬笑んだ。

「春以来、お探し申しておりました。一人娘の難儀をお救い下さった御恩。いかにても報うべしと、八方人を走らせておりましたが、日頃信心する御霊様に祈禱額奉納の日に、娘が目敏く見つけるとは」

まさしく神の啓示に違いない。二人は混乱する闇の中で、僅かに言葉を交した淡い仲だ。その後、清二郎は剃髪し、今は按摩に仮装している。

「娘御の眼力は神がかってございますな」

「呼びましょう」

与兵衛は軽く手を叩いた。床柱裏の隠し戸が開いた。涼し気な流れ紋様の夏小袖をまとった美形が現われた。

(こんな大人びた娘であったか)

泡界は、目の前に座って三ツ指をつくお遥を見て目を丸くする。

「過日は、危ういところをお助け下さり……」

よどみなく礼を述べるところは、まさに大家の御嬢様である。本町筋を背負われていった、舌足らずの小娘ではない。

（三日会わざれば刮目して見よとは、女子にもあてはまる諺か）

と、にじり口で咳払いする者がいた。与兵衛は主人の座を立ち、細く戸を開けた。

「表に二人、裏の藪にも二人」

「御苦労さん」

にじり口の者が去ると、与兵衛は笑みを崩さず、席に戻った。

「どうやら奉行所小者にも、眼力の者がいたようでごわりますな。しかし、御安心を。この寮は、大坂城より確な城で」

与兵衛は、娘に主人の座を譲り、自分は泡界の隣に座った。お遥の手前を眺めながら、

「当家は、天子さんのお台所も、御城代土井様の儀礼御用も承っております。さらには、この遥……」

と、まで語った時、茶筅を持つ娘の手が僅かに止った。

「……その土井大炊頭様御家老長尾修理様の御子息にいずれ縁付く身でごわります。不浄役人が何人来ようと、我が家の垣一本、越えられまへん」

お遥の手が再び動き始めた。

「今日は、御ゆっくりなさって下さりませ。奥に席も御用意いたしまして」

と、与兵衛はあくまで愛想が良い。泡界は右手をあげて、言葉を止めた。

「いや、犬がついたとあれば、長居もできますまい。四ヶ所の中には、世の権威など屁とも思わぬ愚か者が大勢ござる」

泡界は父親ではなく娘に向って言った。

「積る話をしたいのはやまやま。されど娘御、大事な御縁談の時とあれば、瑣細な事にも気を配るべきでござろう」

与兵衛の顔から笑みが消えた。

「拙僧、庭先にて夜を待ち、生垣を破って逃れます」

「当家の生垣は、小堀流の仁阿弥次兵に作らせたもの。そう簡単に壊されてはたまりまへん。そうでごわりますなあ」

泡界に耳うちした。泡界がうなずくと、

「では、その手配をさせましょう。その間、お遥は、庭なと御案内するように」

「はい」

与兵衛が隠し戸から出ていくと、お遥は炉の仕末をしてくぐり戸を出た。

「お履物はこちらに」

利休下駄を揃えた。飛石伝いに植込みを抜けると、小さいながら回遊式の庭がある。泡界が不用意に池の縁へ立とうとすると、

「そちらは、生垣越しに、見られてしまいまㇲ。こちらへ」

竹垣の陰へいざなった。そこは、茶室からも母屋からも死角になっていた。

突然、泡界の背にお遥が抱きついてきた。

「お会いしたかった」

「こらこら、許娘のある身が、いかんな」

「かまいまへん。この寮では、うちが女領主や」

泡界の背に、お遥の少し固い乳房が当る。

「坊主も男のうち、と町の者は言う。しかもわしは、悟りなど無縁の願人だ。そういうことされたら、どうなるかわからんぞ」

「構ましまへん。そうなったら、そうなった時のことや」

お遥は泡界の肩に手をまわし、襟元に鼻を近づけた。

「汗臭いだろう」

未明から大和街道をたっぷり歩いた。埃も浮いているはずだ。

「男衆のええ匂いや。おんぶして貰った夜のこと思い出す」

世に擦れていない商家の、嬢はんの大胆さというものだろう。

「ここで押し倒してもいいか」

「見たことない家老の坊ン坊ンに操あげるより、命の恩人に今あげたい」

「うーむ」

しばらく考えた末に、泡界は振り返ってお遥を抱きしめ、白い貝殻に似た耳たぶに向ってささやいた。

「わしはまだ生娘だけは抱いたことがない。お前さんは家老のぼんぼんに、それをくれてやれ。その後、必ずわしが操とやらをもらい受けに行ってやる」

「それやと、不貞や。見つかったら重ねて四つの身体になってまう」

「でも、おもしろそうだろう」

泡界は意地悪そうな笑いを作った。

「うん、胸がどうどう鳴ってきた」

お遥は白小袖の袖口を噛んで、傾いた。やはり良家の生娘だ。背徳の想像をするだけで、興奮の極に達したようであった。裾が汚れるのもかまわず、傍らの庭石にへたり込み、はあっと、艶(えん)なため息をついた。泡界は危機を脱した。


夕刻、寮の前に駕籠が来た。丸裸の舁(か)き手が担ぐ辻駕籠ではない。真っ白な下帯に水玉紋様の袖無しをまとった、男衆の舁く上(じょう)駕籠だ。

後尾に木津屋の長持担ぎも付く。これを見た四ヶ所の見張りたちは、色めき立った。

駕籠は西船場に進み、江戸堀、土佐堀と渡っていく。中之島の徳島藩蔵屋敷前まで来ると、奉行所の早船が岸辺に寄せてきた。

「その駕籠待てィ」

護岸に駆け上った捕物姿の同心が、十手をかざした。

「不審の儀あり。御用改めいたす」

岸辺に駕籠が降された。垂(た)らしを上げると、商家の手代らしき者が降りてくる。

「木津屋の荷運びに、何ぞ御用でごわりますか」

「お尋ね者が駕籠の列にいると、訴えがあった。面体(めんてい)を改める」

「へえ、御苦労さまでンな」

手代は、あくまで従順である。駕籠舁き、長持の人足一人一人に龕灯(がんどう)の光が当てられた。

最後に、長持の中を改めようと同心は、蓋に手をかけた。

「それはあきまへんな」

手代が言う。

「御用改めと申したはずや」

「けど、あきまへん」

手代の口調は物柔らかだが、毅然としていた。

「蓋の封印を切れば徳島藩公用方と大ごとになりまっせ。その御覚悟がおありなら、結構だす。開けとくなはれ」

「中味は」

「うちは有職紐商い。阿波松平様御注文の鎧紐でごわりますが、それ以上は」

同心は歯ぎしりした。が、早船に飛び乗って去った。直後、四ヶ所の者に八つ当りする声が川面に響いた。よほど口惜しかったのだろう。

蔵屋敷のまわりには商家の船倉もある。中の一軒に長持を運び入れると、手代は封印を切った。

蓋を外すと、頬っ被りした泡界が顔を出した。

「あー、息が詰まると思った」

「底に小さな穴開けてます。大事おまへん」

手代は、こういう作業に慣れているらしい。

「なるほど、木津屋さんは、ただの糸屋ではないなあ」

「ま、助かった思うて、その辺は深くほじくらんと」

手代は竹皮に包んだ握り飯を手渡した。

「この季節だす。酢飯にしときました。数日は、この小屋から出んように」

と注意した。至れり尽せりとはこのことだ。

『糸善』の旦那さんには、よろしくお伝え下され」

「へい。そちらさんも御武運を」

手代は長持をそのままに、出て行った。

「ふむ、武運と言うかい」

泡界は、落ちていた古団扇（ふるうちわ）を拾って扇ぎ出した。小屋の中はとにかく暑い。

西町奉行所の長屋門脇に、装束改めの部屋がある。内山彦次郎は、市中に出まわる瓦版や歌本の類いを部屋一杯に広げると人払いした。

全てここ数日の間に押収したものだ。絵入り単色、手彩色、袖珍本（しゅうちんぼん）（小型本）、巻紙型の読売本もあった。

「まるで引き札遊びやな」

内山がひとりごちていると、

「何の遊びで」

「えっ」

驚いて振り返ると、梅原孫太夫が後から覗き込んでいた。

「無礼であろう。案内も乞（こ）わず」

内山は、むっとして言った。

「声をおかけ申したが、内山様があまりにも夢中の御様子ゆえ、気づかれなんだのでござろう」

孫太夫は無表情に答えたが、嘘だろう。

(御奉行が申されるごとく)

この男、化生と内山は内心苦々しく思った。しかし、それを押し隠して、

「引き札遊びは、言葉の綾やがな」

「浪花の悪餓鬼がやる、あれですな」

カッパ博打(子供賭博)の一種である。商店で撒く宣伝の札を用いる。図柄のおもしろさや刷りの良し悪しで勝負を決めるのだが、そこには子供独特の複雑な価値感があり、同じ大坂人でも大人にはよくわからない仕組みになっている。

「これらの刷り物もそれや。御法度とお許しの線をどこに引いたら良いのか、まるでわからん」

「そやから、こうして部屋いっぱいに広げておられたので」

孫太夫は、敷き詰められた刷り物の上をずかずかと歩き、無雑作に摑み取ると、数枚ずつ重ね始めた。

「おいおい、何するつもりや」

「同じ刷り手彫り手のものを、まずまとめます」

「そないなこと、よう出来るな」

「紙の漉き。柄の重ねの不具合。彫り師の癖などを見て、これこのように」

数十種はあると思われた紙片が、孫太夫の手で、たちまち七、八種に分別された。

「この中から、いわゆる大塩檄文なるものと、共通の特徴を持った瓦版を見つけます」

「それが、御法度刷りやな」

「大塩の名が冠せられるだけで、縄を打つ口実にはなりましょう」

「なるほど」

内山は、庶人に多少の息抜きは必要であり、不満の捌け口たる瓦版には多少目をつぶるという柔軟な姿勢を、これまで維持していた。

だから町の瓦版売りへ辛く当る天王寺小兵衛の一家へも、注意を与えている。しかし大塩父子の死後、奉行所の方針が御法度刷り取締りに転換し、内山も態度を変えざるを得ない。まさにその矢先であった。

「刷りの分別はできた。が、それからは」

「売り子どもが、どうやってこの刷りを入手するか、調べます」

「刷り手も阿呆やない。間に介在する者を幾人も揃えているはずや」

「それを丹念に潰して、刷り手のもとに辿りつきます」

内山は嫌な顔をした。孫太夫の言う調べとは、拷問捜査だからだ。

(あかんなあ)

この与力は故大塩が嫌悪した「貪官汚吏」であったが、庶民を敵にまわさぬ知恵も持ち合わせている。

(まあ、良かろう)

あまりにも酷い振舞いを見せた時は、奉行所の悪評判も合わせ全てこ奴になすりつけ、関係を断とう。どうせ忍び崩れ、傭いの密偵や、と内山は思った。

そんな与力の心も知らず、孫太夫は手にした刷りの分類に熱中している。


大坂には寝亡者という言葉がある。

強烈な熱気のせいで、横になっても眠ることが出来ず、布団の中で七転八倒することだ。瀬戸内のどん突きにある町独特の表現である。

泡界も木津屋の船小屋で、のたうちまわっていた。時折、人目を忍び川辺に出て用を足す他は、船具の間に寝転んでいたのだが、明り取りの窓も無く、おまけにダニの餌食であった。汗疹(あせも)と湿疹で生きた心地もなく、二日目の明け方、我慢出来ずにそこを出た。

(暦の上では立秋だが、残暑にも限度がある)

首筋をぼりぼり掻きむしりながら、川沿いを移動した。御用改めの失敗以来、四ヶ所の者も恨みを込めて周辺を覧視しているはずだが、なぜか誰にも出合わない。

(この嫌な醞気が、おれの味方かえ)

堀の向うが、やけに騒がしかった。雑喉場(ざこば)と呼ばれる魚市場は、今の時刻が最も忙しい。

(あの喧噪に紛れて)

堂島川を渡り、天満の外側をぐるりとまわって淀を再び渡る。生駒山地の縁を伝って石切に戻ろう、と泡界は考えた。

(遠まわりだが、市中を横断するより良い)

まるで『太平記』の楠木正行（まさつら）である。

（巣へ戻るには何日かかるだろうか）

危い橋は渡るなと言った道楽坊ぽくぽくの言葉が、今さらながら思い出された。

イタチ堀に掛かる橋の袂まで行くと、数隻の船が舫（もや）われている。

チョロ、茶船とよばれる小船より僅かに大きなイサバ船だ。

そこに数人の男たちが、ひっそりと乗り込んでいく。

（御法度の品でも運ぶのか）

泡界が物陰で窺っていると、やにわに首筋へ刃物が当てられた。

「静かにせい」

彼ほどの男の背後に忍び寄るのは、よほどの手練れであろう。

「お前、……だな」

泡界は声の主に覚えがある。仲間の彫り師の名を言うと、

「あ、泡界さんか」

「えらいところで会うたな」

泡界は、刃物を指で弾いた。

「切り出しは、版彫る時だけに使え」

「すんまへん、四ヶ所のもんかと思うて。あちらに、御上人も来てまっせ」

「何と」

イサバ船の渡り板を急いで渡った。妙海もこれには驚く。

「予定の期日に戻らぬから、てっきりつかまった思うたで」

「御心配をおかけしました。一度、気配を消して、それより石切に戻ろうと思ったのですが」

「それをせんで良かった。あそこには奉行所や生駒代官所の手が入った。幸い、事前に察知して、皆ばらばらに散った」

「刷りの材料や道具は」

「出来るだけ持って出たがな。失ったものは多い。また、一からやり直しや」

妙海は闇の中で低く笑った。泡界は尋ねた。

「これから何処へ」

「摂津今の浜（西宮）や。そこから武庫川を逆上って伊丹に出て、山の中に入る」

「そこまで逃げねばなりませぬか」

「逃げるわけやない。ちょうど合力を頼まれとったのでな。渡りにイサバ船や」

妙海は、また笑った。夜烏の鳴き声にも似た甲高い笑い声だ。老人はそれに気づいて、あわてて自分の口を押さえた。

「追い追い話そう。まずは乗れや」

泡界が胴間に腰を降すと、船はゆっくりと曳船に引かれて水路を進み出した。

奉行所には船改め番所もあるが、これは主に河川に集中しており、しかもお飾りに近い存在だった。それより二十七年後の元治元年（一八六四）。長州藩兵が大挙して淀川を京に昇ったが、番所役人は一切抵抗せず、眠った振りをして町民に嘲けられたという。

「この船の船主はどうかわからんが、水夫舵取は全てわしらの味方や」

風が無く、初めは数挺の櫓で漕いでいたが、淀の河口を離れると帆走となり、昼前には西宮の宿に着いた。

妙海たちはここで巡礼の格好に着替えた。衣装が足りず、泡界は白布で頭を包み、老人の荷を背負って強力に化ける。

「ひい、ふう、み、よ……師の上人を入れて五人。奥州下りには三人ばかり足りませぬな」

「芝居では強力が義経やが、こちらは弁慶がその役や。てれこ（あべこべ）やな」

妙海は泡界の肩を、ほたほたと叩いた。大坂をようやく離れて、老人も気が楽になったようだ。

「川船で売布神社まで行く。そこから山道」

「妙見参りの道筋ですな」

北斗七星を信仰する人々が巡礼姿で参る能勢妙見山は、古くから大坂人にも親しまれてきたが、能勢の地を山城や丹波の一部と誤認する者も多く、実際そこの住民は丹波亀岡と婿取り嫁取りする。

「そんなところまでは行かぬが、巡礼道の鳥羽口までは」

行くという。ここに住む山田屋大助なる大百姓と連絡をつける者があり、妙海たちはそこで檄文を刷る約束を交した。

「この大助いう御仁はな」

能勢山田村から出て、一時は大坂に移り、能勢の生薬を商って財を積んだ。多田源氏発祥地の民として武道に精通し、学問を好んだ。陽明学の徒であり、生前の大塩平八郎と僅かながら交流もあったという。

御多聞にもれず、この能勢も飢饉と米価の操作に苦しめられた。

「大助はんはな。米価の均等と窮民へ食料支給、徳政の発布を求めて一揆も辞せず、と言うておるわ」

「徳政というと、借金踏み倒しの」

「言い方悪いな。まあ、そういうこっちゃけど」

徳政は、鎌倉から室町にかけてしばしば行われた免税や大赦のことだが、末期には貸借の契約破棄と化し、土民が蜂起する土一揆と同義語になってしまった。

いずれにしても古風な物言いで、これひとつ取ってみても、能勢の土地柄が窺えようというものだ。

宿には道案内の者がいた。この暑いさ中に、単衣の上へ毛皮の袖無しを羽織り、細長い布包みを手離さない。いかにも猟師然とした若者である。包みは鉄砲であろう。

「わいは猪助と申します。山田屋さんのもとで世話になっとります」

間伸びした挨拶をした。

(こ奴、出来る)

泡界は、若者の右頰に出来た古い火傷のあとを見た。子供の頃から火縄銃の火口から吹く炎を浴びて育った証だ。

猪助も、自分の古傷に注目する泡界に何やら感じたようだった。

「目あきの按摩さん」

と、泡界を呼んだ。彼は未だ石切を出た時のまま三筋縞の古着を尻端折りしている。これでイガグリ頭ときては、そう見るのも無理はない。

「わいの四匁五分筒、持ってみなはるか」

「良いのか」

猪助は銃を袋包みから出して勧めた。あちこち修理してあるが、銃身は戦国期の堺筒だった。銃床に手をかけた泡界は、右頬を銃床に当てた。塾の銃技調練で、七堂浜に通った時の感覚が蘇ってきた。

(どうやら、これを使うことになるかも知れん)

妙海は、田舎の免税騒ぎ程度に考えているようだが泡界は、銃身の照門を合わせた先に、殺気のようなものを感じた。銃士の勘だろう。猪助に黙って銃を返すと、彼も強張った表情でそれを包み直した。

「ひと休みしたらな。間道伝いに今西村(いまにし)まで案内させて貰いま」

猪助は言った。

夕刻、一同は東に向った。中山、筋の道と通り、平井の辺で最明寺川の流れを越えた。闇夜の山道で、提灯も松明も使うわけにもいかない。各自が、竹の先に雨夜火縄というものを下げ、前の者が持つか細い光を目当てに後の者が続く。

刷り師たちは、何度か転んだ。泡界は老いた妙海を気遣って、その腰を押し、手をひいた。一行が泥まみれになって今西村(現在の能勢町今西)にたどり着いた頃は、山際が白み始めている。

山家の者は早起きというが、村の家々はぴたりと戸を閉ざし、煙出しからは朝餉の煙もあがっていない。

「どうやら無人、ではなさそうやけど」

妙海も首をひねった。

「無人どころか、そこらの茂み、木立の陰にも大勢伏せているようですな」

泡界が鼻をうごめかせた。

「役人か」

「いや、汗と日向の臭いが満ちてます。百姓でしょう」

村外れにある古風な造りの百姓家へ、猪助は誘った。

「わいはここで」

「入らんのか」

猪助は庭の入口を黙って指差した。一本の藁縄が張り渡されている。主人が許した者以外は入るな、という印であろう。

妙海は、頓着することなく、開け放しの土間に足を踏み入れた。

「頼もう」

寂びた声で呼びかけると、待つまでもなく、数人の男が現われた。いずれも分別盛りで町人髷を結っているが、揃いの浅黄小袖を着けているあたりが異様だった。

（死装束か）

しかし、良く見ると襟元と袖口から鎖帷子（くさりかたびら）が覗いていた。自害する者が、かようなものをまとうはずがない。

「妙海御上人でございますな。お待ち申しておりました。ささ、奥へ」

泥足のまま、畳敷の部屋に通された。床ノ間には具足櫃が置かれ、掛け軸には妙見大菩薩の文字がある。正面を避けて左奥に座った初老の厳（いか）つい男が、拳を畳に付けて挨拶した。

「これなるは、大坂内骨屋町（うちほねやまち）で生薬商いをしておった、山田屋大助と申す者。武道の儀は二天一流を少々つかまつる」

ずいぶん武張った挨拶をした。ちなみに二天一流は、あの宮本武蔵の技を伝えるという。そういえば、この大助だけは小脇差を凜と差し、髷は結わず総髪。商人とも見えず、かと言って武士にも見えない。

妙海が率いて来た男たちを一人ずつ紹介した。最後に泡界の略歴を語ると、

「何と、真正の洗心洞塾の御仁か」

大助は相好をくずした。立ち上って泡界のもとに駆け寄り、彼の手を握りしめた。

「ありがたいことや。かような方が御味方下されば、我らも堂々と『大塩塾門弟』という檄文を出すことが出来申す」

妙海はうなずき、

「さて寸刻も惜しい、山道の泥を落して一休みしたら、早速仕事に取りかかりたい」

と言った。案内の者が先に立って、一行を裏庭の水場に導いた。

湯は無かったが季節のこととて、それで充分だった。汗と泥にまみれた衣服は家の者が何処

かへ持ち去り、代りに洗い晒しの筒袖が置かれた。これも古武道に用いる稽古着らしい。

弟子の役目として泡界は、妙海の行水を手伝った。

「先ほど山田屋が言うとった『大塩塾門弟』の件やけどな……」

妙海は気持ち良さ気に、倭軀（わいく）を揺った。

「……あれは、人集めのタネや。大塩の残党は人気がある。一揆の人数も増えよる。役人も、大塩と聞けば容易に手が出せん。たまたまお前を連れて来て、ほんま良かった」

「山田屋大助、なかなかの策士ですな」

「わしらに一揆の本拠で檄文を刷らせるのも、刷り物欲しさというより、手元で刷らせる事の方が大事なんやで」

「かような山中に人を集めたとて、小さな代官所を襲うのが関の山」

「さにあらず。山田屋の企みは、存外に大きいようや。弟子よ、耳借せ」

泡界の耳たぶを荒く引いた。

「い、痛い」

「わしが思うに、な」

かまわず妙海は、しゃべった。泡界はその言葉に目を剝いた。

10　能勢の一揆

相月（そうげつ）（七月）に入った。

江戸東西町奉行所と同じく、大坂町奉行所も月番制である。業務引き継ぎとして、月初めに公文書の入った御用箪笥（たんす）が、担当月の奉行所へ送られる。これを月番送りと称する。

その箪笥が西町奉行所に入った日、与力内山彦次郎は、密かに町駕籠で戎町（えびすまち）の小料理屋に向った。

そこは天王寺小兵衛が情婦の一人に持たせている店だ。

まだ日の高いうちである。仕込みに忙しい台所を横目に離れへ入り、店の者に昼酒を求めると、小兵衛を呼ばせた。

「一人で参れと申せ。くれぐれも余人に悟られるな、と」

待つうちに、小兵衛が油ぎった顔を見せた。

「よう参った」

内山は機嫌良く、小兵衛に盃を渡した。

「恐れ入りましてごわります」

親方とはいえ、四ヶ所の者に与力が酒器を差し出すことは、常ならば有り得ない。

「月番送りで、侍言葉ばかりしゃべくっとると、顎が痛となってあかんわえ」

と、しばし世間話をした。小兵衛が適当に合いづちを打っていると、唐突に内山は話を変えた。

「千日前の仕事は手下（てか）にまかせて、しばらく神信心にでも出えへんか、小兵衛」

「へえ、熊野でっか。それとも金毘羅（こんぴら）さんへ」

「左様に遠くやない。能勢の妙見さまや」

能勢と聞いて、小兵衛は表情を固くした。

「一揆の探索でごわりますな」

「そや、一揆の本拠へ潜入ってもらう。大人数ではあかん」

小兵衛は上目遣いに、内山の顔色をうかがいながら、

「そういう御役目は、梅原孫太夫さんの持場では」

「されば、お前はんは、その補佐役になる」

「へえ、では、わてぇと気のきいたもん数人で参じます」

「短筒は、西町より支給する」

「ち、ちょっと待っとくなはれ」

銃器使用の仕事とは、また穏やかではない。内山は手を伸ばして小兵衛の胸ぐらを摑み、自分の前に引き寄せて、さらに驚くべき命令を伝える。

小兵衛の赤ら顔が、次第に蒼ざめていった。


その後、内山は役宅に取って返すと衣服を改め、西町奉行堀伊賀守利堅に伺候した。これは東町が月末に行った、河内石切神社周辺手入れの事後報告である。

寺社方改役、盗賊改役、諸御用調べ役それぞれの与力同心に四ヶ所の下役、代官所小者百余名が出役した大規模な捕物だった。

そこでは、未使用の版木や紙数千点。別に衣類、脇差、鍋釜など荷車三台分の遺留品が押収

されている。

しかし、違法刷りの職人たちは、いち早く逃亡していた。捕えた者は僅かに、職人たちを匿まったとおぼしき盲目の老女一人だけだった。

堀伊賀守は、当然ながら東町に対抗心を燃やしている。

「大塩残党の捕縛は、我らが月番のうちに必ず」

と、配下の与力三十騎にも、内々の訓示を与えていた。内山はまず、御用簞司から出したばかりの『牢舎鞘入見競書（ろうしゃさやいりみくらべしょ）』を堀の前に広げた。これは東西両奉行所の入牢調書である。

「乱の直後に捕らえた大塩騒乱関連の者は」

東の掛りが八十四人、西の掛りが十四人。このたびの御法度刷り物の新留入（しんとめいり）（新期入牢者）が、東百三十人、西が六十一人……と、内山は冷静に説明した。

「瓦版売りの摘発は、東西合わせると百九十一人にのぼります。牢の新溜りは、膝を繰り合わせる隙間も無い有様でございます」

「それらは百叩きで放免の、微罪人ばかりであろう。わしが引き据えたい者は」

堀は口早に言った。

「左様な売り屋風情ではない。本物の大塩残党である」

「それにつきましては……」

内山は、堀が小躍りして喜びそうな新しい情報を、もったいぶって語った。

「……新しい情報が入ってきております」

「早く申せ」

「これは遠隔の地からの伝えでもあり、未だ定かならぬことも多く、もう少し確めましてから御耳に、と思いましたが」

「それよ。その態度が、土地の者をして、汝をじゅんさいな奴と呼ばさしめるのだ。早よう」

「恐れ入りましてございます」

内山は大げさに肩をすくめ、見競書に挟んだ紙片を広げた。

「これぞ御望みの、大塩残党の檄文。しかも新刷りで」

「うむ、墨の香(か)も生(う)い生(う)いしい」

堀は目を輝かせた。

「今朝方、能勢の大庄屋下田家より、健脚の者が持参して参りました」

「能勢とは、昨今百姓らに不穏な動きがあるという、あれか」

流石に堀も知っていた。

「生薬商いで財を成した郷士身分の者が、何やら企ておると聞く」

「山家ゆえ、さほどの事もなし、とこれまで捕り手の巡遣を控えて参りましたが、この檄文が出て来た以上……」

「なぜ、躊躇(ちゅうちょ)しおるか」

「当奉行所は御用煩多(ごようはんた)。また経費の問題も如何(いか)ばかりかと」

遠隔地に捕り方を向ければ、かなりの出費となる。また奉行所は、慢性的な人手不足にあった。与力連中も仮役(かりやく)、定(じょう)仮役と称して常に幾つもの別役を兼務している。

「軽々しく捕物を始めれば、他の業務は停滞。大塩の乱はまさに、この御用煩多の最中に起きましたもので」

乱の後、業務の復旧には二ヶ月近くもかかった。堀もそれは心得ていたのだが、気の焦りばかりは止め様もない。

「一揆鎮圧は時が勝負という。双葉のうちに摘まざれば、鉞を用いるに到るぞ」

堀は怒りを押さえ、内山は宥めて、

「摂津能勢は奉行所地方役の取締り地域ではございますが、いざという時は御城代より奉書をお出しいただき、隣国諸藩より兵を繰り出すのが良ろしいかと。いや、それは最後の手段。すでにそれなりの手だては講じてございますれば」

新刷りの檄文を、大事そうに見競書の間へ挟み込んだ。

「如何なる手だてか」

堀の問いに、彼は手元を見つめたまま答えた。

「有能な密偵を、彼の地に潜入させる手続きをとりました。それがしの一存にて」

「わしの許可も得ぬとは、越権の沙汰である」

「御奉行の御名を出さぬが上策、と思いまして」

内山は、あたりを見まわし、一段と低い声で、

「これは危急の場合、刺客に変る者。首謀者の息の根さえ止めれば、一揆は終息いたします」

と聞いて堀は黙り込んだ。

能勢では一揆に向けた檄文の製作が進行している。宵の口に彫りあがった複数の版木を用い、

交代で刷りあげてゆく。

それらは墨が乾くやいなや、大助の手の者が、何処かに運び去って行った。

泡界が届け先を尋ねても、皆曖昧に笑うだけで答えない。

奇妙なことだった。手形版とはいえ、すでに一万枚近くが刷られている。この山中にそれほどの檄文を撒くべき里もない。

「ここらには、狐狸(こり)の類が多いと聞きますが、まさか、そ奴らに撒いているわけでもありますまい」

と泡界が言うと、妙海は墨のついた頬をほころばせ、

「いゝや、わからんでぇ。劫(こう)を経た獣は学がある。文字かて読めよう」

物の怪のような声で、けけけけと笑った。

翌日の夕刻、刷りのために用意した紙が尽きた。同時に妙海たちも力尽きて、墨だらけの手足もかまわず、その場に突っ伏して眠りこけた。

すでに何刻かもわからない。室内は鼻を摘まれてもわからぬ漆黒の闇だが、泡界は戸外に微かな明りを感じた。

と、鐘の音も聞こえてきた。時の鐘ではなく、急を告げる早打ちのようだ。

「始ったな」

妙海も半身を起した。

「何事でしょう」

「出てみればわかる」

皆を起して、外に出た。松明が峰々に列を成している。それは今西村の塞の神の辻まで続いていた。

「これは」

刷り師の一人が絶句した。辻には七、八百人ほどの男女が集っている。しかも、その数は、どんどん増えていく。

「どこにこれだけの百姓衆が」

また誰かが言った。しかし泡界は悟った。初めて今西村に入った時、茂み木立ちの中に人の発する強い気配を感じた。この者らは、他村から来て密かに野宿していたのだろう。

「わしらも行くかえ」

妙海が、散歩に出かけるような調子で、人の波に混り込んだ。

松明の流れに添って鎮守の森らしき場所に入ると、篝が焚かれていた。

神社の階には幕が引かれ、その前に白鉢巻姿の山田屋大助と、その仲間が座っている。あたりは火の粉が中空に舞い、真昼のような明るさだ。

「皆の衆、聞いてくれ」

頃合いになると、大助は床机を蹴って立ち上った。

「この山田屋、此度の飢饉に際し、窮民への米穀均等配布、借金の棒引き、即ち徳政の発布を求め、代官所ならびに郡内の大庄屋へ書状を送りつけたが、梨の礫や」

大助は、拳を振り上げる。

「我ら最早堪忍成りがたし。此度有志の面々と申し合わせ、下民を悩まし苦しめる諸役人、庄屋、大百姓を先誅伐いたし、この者らが蓄えた金銭、隠し置く米穀を奪い取り、それぞれに分け遣わすこととした」

わっと歓声があがった。その声は山々にこだまし、嵐のようにうねった。

「皆の衆、聞いてくれ、聞いてくれ」

大助は、再び群衆を制した。

「この一揆、並の企てとは違うのや。此度にとどまらず、追々年貢、百姓の諸役を軽くいたし、天より下される米を商いの種として驕奢淫逸を成す商人どもを一掃する合戦や。質素に立ち戻り四海万民いつまでも天恩をありがたくいただく暮しは、皆の衆も知る大塩平八郎様の願いでもあった」

大助は、懐ろから檄文を出して宙にかざした。

「これには大塩様の御心が書かれておる。皆も持っておろう」

群衆は、己々が持つしわくちゃな檄文を、一斉に掲げた。

「良きかな。皆の衆は、これを持つかぎり仲間や。大塩残党や。我らはこれより道々奸人どもの館を打ち壊し、京に進む……」

大助の次に発した言葉は衝撃的だった。

「……京には天照皇大神の御子孫たる天子様がおわす。御所に伺候し、蜂起のお許しを得て、義軍となるのや。これこそ、大塩様の旗印、奉天命致天討の心にあらずや」

この時代に生きる人々にとって、御政道を動かすものは公儀（幕府）であり、朝廷は神主の集まりといった程度の認識でしかない。

勤皇思想が一般化するのは、これより少し後の事だ。大塩でさえも、御政道刷新の心はあっても、公儀打倒の考えを持たなかった。

神社に集う人々は、大助の意図が計りかねて、急に押し黙った。

静けさがあたりを支配し、ただ松明のはぜるパチパチという音だけが聞こえる。大助が唇をかんだ。その時だ。

「わかったで。山田屋はんがやろとしてる事は、クスノキはんやな」

えっ、クスノキ、クスノキ、と人々の間にささやきが広がる。間髪を容れず、再び同じ声がした。

「楠木正成はんと同じや。天朝さんの勅命貰うての世直し。そうやろが」

「そ、そうや。此度、我らは大塩残党であり、楠木義軍になる。そのため京に上る」

大助は、これに力を得て再び、天恩ありがたくとか、中興の気象に立ち戻り、といった小難しい演説を始めた。

「よう助け船を出した」

群衆から離れた泡界の肩を、妙海が叩いた。

「楠木の名を出したは上出来や。洗心洞塾の肩書きは伊達やないな」

「いえ、以前飯のタネで、『太平記』本の写しばかりやっていたこともあり」

泡界は頭を掻いた。

「太平記語りは、大坂の寄席ばかりやないと聞いとったが、こんな山奥でも人気があるのやなあ」

江戸後期、各地に興った草莽と呼ばれる人々の文化は、山田屋のような村の旦那衆が担った。彼らの勤皇思想は、まず学問ではなく、娯楽としての『太平記』。中でも英雄楠木正成の物語が築きあげたと言って良い。

「おお、大助どんの話がようやく終ったようや」

良えか、良えか、応の掛け声とともに松明の列が動き出した。それは、新たに山々から下って来る松明の列と合流し、巨大な火の奔流となって東に向い始めた。

密偵梅原孫太夫は、天王寺小兵衛宅の別棟に潜伏している。

その世話を焼いていたのは、小兵衛の数ある情婦の内でも、一番気だてが良いと評判の御女郎あがり、かめだ。

そのかめが、朝餉の膳を部屋に運んでいくと、孫太夫は隅の方で薬研を動かしていた。

「ま、なんですのン、この臭い」

「しばらく留守にする。旅先で用いる薬を作ってる」

「薬やったら道修町行って、買ってきはったらよろしいのに」

「そこらの売り薬屋には、良いものがない。我が家に代々伝わるとうそうの薬が一番きく」

「疱瘡薬て、あの赤い袋に入った……」

「ほうそうやない。刀瘡や。切り疵の薬や」

かめは、部屋の中に取り散らかった生薬の山を見まわした。

「飲み薬やないの」

「ほとんどが疵口に張る膏薬やが、熱さましも作る。辛気臭い仕事や」

「ンなこと言うて孫さま、ごっつ楽しそう」

孫太夫は、薬研から顔をあげた。

「わしの家はな、伊賀の湯船にある。もう甲賀が近くてな。山で摘んだ薬草を、近江に運ぶ銭稼ぎで食うとった。子供の身体にはきつい仕事やったで」

「孫さまの家は、二本差しの郷士やなかったの」

「伊賀の無足人なんどというもんは、一寸や。ぴんは火術師でな。江戸の公方様御前で花火をあげて、ぎょうさん御褒美を稼ぎよる。うちのようにきりの方の忍家は、薬種問屋の下働きや。それが嫌さに家飛び出してな。人様に言えぬ、こんな稼業に身を落とした」

孫太夫も、かめには珍らしく身上話を語った。毎日、膳の上げ降しで顔を合わせる彼女に、つい気を許してしまうのだろうか。

「けど、薬屋の丁稚やったおかげか、こうして膏薬が作れる。火薬の作り方かて上手くなったわな」

(かような話を軽々に語るとは)

密偵として失格やな、と孫太夫は苦笑する。

「また、ここへ帰って来なはりますな」

かめは屈託の無い笑いを見せた。

「戻ってくる。おかめの、その笑顔を見に、な」

土産も持ってくるで、と孫太夫は言い添えた。

「うれしいわぁ」

かめは庭に出て、母屋の廊下に上った。居間にいる小兵衛のもとへ顔を出した。

「どないやった」

小兵衛は、孫太夫の様子を尋ねた。

「へえ、楽しそうに薬研こすってはりました」

「さよか。ほな、表行ってな、権(ごん)呼んで。それから、通り町の辻行って、わしの足に合うこんごう（金剛草鞋）買(こ)うてきたって」

「へえ、旅草鞋を」

かめは口入れ屋の帳場に座ったソメ権に、

「旦さんが呼んではりまっせ」

と声をかけた。それから通りに出ると、ちょうど刻限とて、奉行所から通(とう)し函(ばこ)を担いだ奉行所小者がふたりやって来る。

知った顔とて、かめは挨拶を交し、それから数歩行きかけて振り返った。

通し函は、命令書や人相書きを日に一度運び、目明しの報告書を戻す。奉行所の文書箱だから軽いはずだが、その日に限って荷運びと添え役二人がかりで重そうに運んでいた。

「なんやろ、大仰なことしはって」

かめは、いそいそと通り町に向った。気のきく彼女は草鞋の他にも、手拭い、小蠟燭(ころうそく)といった旅の小物を買おうと考えていた。

店の者に人払いを命じた小兵衛は、ソメ権を長火鉢の前に据えた。

「内山様、内々の御下知や。わしは能勢に行く。お前に添え役を頼みたい」

聞いたソメ権は、すぐにうなずき、

「では、わての代りに帳場へは太郎蔵を、地廻りの差配は勘助に……」

と、自分の代理にする者の名をあげた。小兵衛はいちいちうなずいて、

「それで良え。こンどの旅は、一揆探索や。けどな。内山様の御下知はちっと酷(しく)や。一揆が大ごとにならんうち、その頭立つ者へ近づいて、一気に」

小兵衛は、人差し指を自分の首筋に当てて横に引いた。

「えっ、捕(と)らまえるンやなくて、殺(こ)……」

「しっ」

小兵衛は左右を見まわした。

「御奉行所は、よっぽど大塩焼けに懲(こ)りてるらしい。もう、一揆騒ぎには形振(なりふ)りかまわず、ちゆうやっちゃ。それでな」

「へえ、まだ何か」

「面借(つらか)せ」

ソメ権は小兵衛の口元に耳を寄せて、思わず渋い顔になった。朝っぱらから親方の口は酒臭い。

「そのどさくさに紛れて、梅原のお旦(だん)も殺ってまえ、いう内山様の御下知や」

ソメ権は言葉を失った。目を大きく見開いて、自分の親方を見返した。

「その役をお前に頼みたい」

「わてぇに」

「しっ」

思わず声を高めるソメ権の口を、小兵衛は押さえた。

「離れ家に、お旦がおる」

「すンまへん」

「油掛町の大塩捕り以来、お前がお旦と仲良うしてるのは、よう知っとる。お旦の方もお前には気ィ許しとるらしい。そこがつけめや」

下からねめまわすように、小兵衛は手下の面を見上げた。

「ええか、この話は内山様より、もそっと上の方から出てる。思うに東町、跡部山城様の指金とわいは見とる。梅原のお旦は、山城様の秘密まで握ってしもたんやろな。それで、内々御処分の御沙汰が出たらしい。おう、聞いてるか、権」

「へぇ」

「相手は伊賀の化生あがりや。ほてからに、テッポの腕かてある。そこでな」

傍らに置かれた通し函の蓋を開けた。塗りの二重蓋があり、隙間から短筒の銃床が幾つも覗いていた。

「これや。使い方は」

「へえ、何度か弄ろうたことおます」

小兵衛は、長火鉢の燗置きに付けた銅銚子をつまみあげた。季節のことで、中味は冷やのままだ。

「ま、少し飲めや」

手近な茶碗に注いで、前に置いた。それをソメ権は、ぐっとあおいだ。

「それで良え」

承諾の印と見た小兵衛は、続けた。

「事がうまく運んだら、お前には松ヶ崎の賭場と芸人寄せ場の差配役、任せよ思とるんや」

松ヶ崎は、古くから天王寺一家の持ち場だが、四ヶ所の同業、心斎橋久左衛門の縄張りと隣接し、常にいざこざが絶えない。

「権も、これで立派な代借になれる……かもしれんで」

「へえ」

小兵衛は、空いた茶碗に再び酒を注いだ。ソメ権は、僅かに残った迷いを振り切るかのごとく、もう一度それを喉に流し込んだ。


堀伊賀守は、大阪の歴史の中では、常に軽い存在として扱われる。

江戸城西ノ丸書院番格から大坂目付代を経て、ようやく出世の階段、西町奉行就任の一歩目に足を掛けたところで大塩の乱が起り、町で落馬して評判を落した。

現在でも、史書にはその落馬ばかりが書かれている。息子利煕も不幸な道を歩んだ。後、幕末プロイセンとの修好条約締結時に不穏な噂を立てられ、自害している。

蹉跌の多い人物だが、それなりに注意深く、身近に忍びを飼っていた。目付代の頃から懇意にしている大坂城番附属の根来衆(ねごろ)である。

堀は、久々にこの者を呼んだ。役宅の茶室に、陽俊(ようしゅん)というその男はやって来た。年齢不詳、僧の形(なり)をしている。

「久々のお招き、ありがたし」

「一瞥以来であるな」

堀は陽俊に茶を立て、ゆるゆると話し始めた。

「尋ねたき儀がある」

「やつがれごときにわざわざ茶をお振舞い下さるとは、内々のお話でござるな」

「左様、東町の山城守殿が事だ」

陽俊はうなずいた。大塩の乱において、東西町奉行は、揃って馬から落ちたが、なぜか西町の堀ばかりが物笑いのタネになる。

堀が跡部に何やら含むところがある、とは陽俊も薄々と感じていた。

「過日、月番引き継ぎの折り、山城殿は密偵について申し送りをなされた」

「どのような」

「『梅原孫太夫と申す者、生前の大塩に近づき、取るに足りぬ話を、さも価値あるかのごとく伝える胡乱(うろん)の者。ゆめゆめ御心を許されるな』と」

「跡部様が、わざわざ左様な」

「不思議でならなんだが昨日、与力内山から、同じ名を聞いた。山城殿が毛嫌いしつつも、梅原なる者を使わざるを得ぬ理由が、いまひとつ理解できぬ」

「跡部様がどうあれ、東西両奉行所では、それなりに便利な者なのでござろう。そもそも、奉行所密偵には、幾つか種がござる」

陽俊は、その由来を語り始めた。

「与力同心が、己が裁量で市井の小悪党を傭い、悪事を暴くもの。これ、俗に目明し、手先とも称するは御存知の通り」

これとは別に、浪人、郷士格の者を奉行の一存で傭うこともあった。慶安の頃（一六四八―五二）、由井正雪(ゆいしょうせつ)の乱に際しては、市井の武芸者、無役の忍びを用いて叛徒の内情を探り、賞金によってその労をねぎらった。

「愚僧の知るところでは、大坂における密偵の嚆矢(こうし)たるは、宝暦元年（一七五一）時の御城代酒井讃岐守様、江戸伊賀組より伝手(つて)によって津(つ)の藤堂藩無足人を傭い、以後これが慣例となってござる。たしか梅原がその任についたは東町に戸塚(とつか)備前守様在任の頃でござった。今より四年昔の事で」

その後、跡部山城が就任したが、梅原孫太夫は残った。忍び嫌いの跡部が彼を解傭しなかった理由は、前任者と津の藤堂家への遠慮、さらには江戸伊賀組への恐れもあったのではないか、と陽俊は言う。

「跡部様御自身の忍び嫌いについては、我ら根来の者にも申し伝えがござる。堀様御目付代の頃よりの御付き合いなれば、申しましょう」

陽俊は、手にした数珠を揉みしだく。

「跡部様の若き日、水野季十郎(きじゅうろう)と名乗られし時、御実父肥前唐津侯（水野忠光）御領内で隠密探索の一件あり。家中危き事がござったげな」

若き跡部は、以来忍び密偵の類を毛嫌いするに到ったという。堀はうなずき、

「その梅原を、与力内山彦次郎は、此度騒乱の首謀者密殺に用いると言う。これは山城殿月番の時よりの決定事項ゆえ、承諾願いたいと申すのだが、何やら胡散臭い」

空の茶碗を下げ、二杯目の薄茶を注いだ。

「内山……」

陽俊は喫し終えると、しばし宙を仰いだ。

「彼の者は、一応西町に在籍しながらも東西兼帯の者。俗に申すなる二股膏薬でござる」

「ふむ」

「世に忖度なる言葉がござってな。内山は小役人にござれば、山城様の心底を推しはかり、かつは一揆鎮圧の実を得んがため、梅原を能勢なる僻陬の地に向わせる。うまく行けば、騒ぎのどさくさに、彼の者を頓死させて……」

「処分を企みおるか」

堀は膝に手を置いた。陽俊はその指先に視線を止め、ところで、と話を変えた。

「大塩死してすでに数ヶ月、江戸では未だに審理長引き、反逆の罪状下ってござらぬ。おかげで平八郎以下十七名の死骸は磔にも出来ず、未だ寄場で塩漬けのまま放置されてござる。この長引きの理由は」

大塩の知己であり、現在は勘定奉行の要職にある矢部定謙にあった。

「矢部様は、大塩の蜂起には悪質な役人と富商を懲しめ、御政道を糺す意志あり。反逆ではな

く不敬の罪をもって裁くべきと主張なされた」

ために幕議は紛糾。未だに決論が出ない。

「矢部殿も面妙な」

「理由は、乱の後、江戸に届いた大塩の書状でござる」

大塩は乱の直前、自らの思いを書き、二人の使者に託した。

公儀お庭番の調べでは、二人は箱根近くの山中で殺害され、文書箱が附近の一里塚に放棄された。伊豆韮山（にらやま）代官江川太郎左衛門が手に入れ、幕府評定所に届けたという。

「問題はその書状の宛て先で」

「想像はつく」

堀はゆっくりと名をあげていった。

「大久保加州殿と、水戸中納言家の江戸屋敷であろう」

この年、病いで退職した老中大久保加賀守は幕閣の良識派とされ、また水戸徳川家は跡部の実兄、老中水野忠邦とは犬猿の間柄とされている。

「書状に跡部様以下の悪業が記されていたことは確実。お庭番の見立てでは、これが江戸に届かぬよう内命を受けた梅原孫太夫が、使者を殺害。しかし、不覚にも文書の回収に失敗し、評定所を経て矢部様のもとに」

陽俊坊は、恐るべき情報通であった。堀はうずうずと笑った。

「尾籠（びろう）な話なれど、俗謡に申す。『痛し痒（かゆ）しの瘡（かさ）あたま、上からぽんと叩くだけ』と」

頭に出来た重度の皮膚病は、掻けば血が出る、掻かねば狂おしいほどに痒い。

「梅原は山城殿にとって、瘡あたまであったのだろうな」

「憎むべき者なれど、使い勝手は良かったのでござろう。しかし、大塩の乱も収って用済みとなり」

陽俊は茶碗の端を指で拭い、

「……かくは口封じ。狡兎(こうと)死して走狗(そうく)烹(に)らるの類(たぐい)でござるな」

哀れむように言った。

11 銃撃戦

朝日がのぼると、松明は次々に踏み消されていく。その頃になって、能勢一揆の「軍容」が露わになった。

山間部ながら棚田があり、蕎麦(そば)畑もある。その畔を踏み分けて進む人々の数は、ざっと見積っても二千を越えていた。

先頭には「奉天命誅国賊(てんめいほうじこくぞくをちゅうす)」の大旗がひるがえっている。はるかに上る黒煙は、一揆勢に抵抗したり、食料を提供しなかった庄屋大百姓の家々だろうか。

泡界たちは途中、山内村鎮守の倉から、笛や太鼓を手に入れた。

「進軍には音曲よしとは、奥州の覇者、伊達正宗の言葉や。弟子よ、何か演じよ」

妙海は泡界に賑やかしを命じた。

「良う候」

少し考えて泡界は、小太鼓を小脇に抱え、それを打ち鳴らしながら喉をふるわせる。

〽ゆたかなるかな、納まる御世のめでたさは、千代万歳の頃あいとて、天保八年丁酉猫の年、すでに一戦なさんとて、ひしめきおいたる面々は、薬缶あたまにハゲあたま、白髪にそまる老いあたま、ごましおあたまに巻き元結、鹿の子のごときしらくもは、五分さかやきを望んだり……

太鼓のバチを振りつつ、道行く一揆百姓の姿を『太平記』調に唄ったが、途中でついと調子を変えた。

〽おのおの夜這いの討ち入りとて、物音ひそめて忍びより、かつて知ったる庄屋の屋敷、すわや一番乗りとて、口吸い門の抜けがけなれば、ここに相手の年増とて、四つ手に組みたるその後は、茶臼、尻がらめ、被せ突き、早や下手には淫水の玉門前に満ち満ちたれど、これも手練れの床上手、ここぞ日頃の晴技なりとて秘術を尽して立ち向う……

ひどいもので、軍談が途中から艶談になっていった。道行く百姓衆は笑いころげ、中には畔から泥に落ちる者もいる。

あちこちから別の歌も出て、中軍後衛を行く一揆軍の気勢は大いにあがった。

「流石は我が弟子、やりおるで」

妙海は手を叩いた。

「名人伊達正宗も、城攻めの際は歌上手を前に立て、さんさしぐれをうたわせた。これは春歌や。奥州勢は笑いさざめきながら敵を攻めたというわいの」

そのまま騒ぎながら行くほどに、道は京へ向う山城路の上り坂にかかった。あちこちに焚き出しの釜が置かれている。略奪してきた穀類を粥にして、誰彼かまわず振舞っていた。

「大将」の山田屋大助が、床机に腰を降して「軍勢」を眺めていたが、泡界たちが太鼓を打ち鳴らして通りかかると、困惑したような表情で、

「軍勢に勢いつけるためとは重々承知のことなれど、我らは天子様に直訴の者ども。不敬に候えば、山城国に足踏み入れたる時は、放歌艶談のごときは固く停止（ちょうじ）いたす。左様心得られよ」

強い口調で諭した。

泡界は、ぷっと膨れて小太鼓を、これ見よがしにその場へ放り捨てた。

「何てぇ頭の固てえ野郎だ」

関東弁で毒づいたが、妙海は頭を掻き掻き、

「ほい、これはやり過ぎたようやな」

どや、粥でも啜ろか、と皆を炊き出し場に誘（いざな）った。

汗を拭きながら欠け椀に入った塩辛い菜粥を口にしていると、向うから縄襷（なわだすき）をした百姓体の者が駆けてくる。

「御注進、山田屋はんに御注進」

しきりに叫んでいるところを見ると、これは使番のようだ。

大将大助の前に片膝ついて坂道の彼方を指差し、

「峠に役人が出張ってけつかる。御味方は足止めされてます」

と、その報告も終らぬうちに、ドンドンと銃声が聞こえて来た。

「前衛が、早や交戦しとる。わしらも、こうしておられん。例の七人衆を」

使番に命じると、大助とその側近は、傍らの草むらに置かれた唐櫃から、鎧を取り出し、手早くまとい始めた。

おそらく近在の庄屋屋敷から奪ってきた品だろう。祭礼に使うような黒革縅の胴丸だった。

泡界たちが呆れて見ていると、鉄砲を抱えた猟師風の男たちが、茂みの中から現われた。

「これが大助はんの隠し玉らしいな」

猟師の中には、あの猪助も、むっつり顔で混っていた。

「敵は卑怯にも、鉄砲を持ち出して来た。京への道を塞ぐ気ィや。わしらも放ち返す。能勢猟師の腕を見せたれ」

応、と答えた七人の猟師たちは、火縄に点火すると、坂を上っていく。莚旗を手にした百姓らが、彼らに声援を送った。

「鉄砲と聞いては、黙っていられませんな」

泡界も落ちている縄を拾って襷掛け、手拭いを坊主頭に巻く。

「洗心洞塾の血が騒ぐか」

妙海も手拭いで坊主頭に鉢巻した。

「わしもテッポー戦（いくさ）というのンを、見てみたい」

「あきまへんがな」

仲間の刷り師たちが裾を引いて止めるが、老僧は、その手を叩いて振りほどいた。

「これは年よりの冷水にあらず。軍陣の僧として、御味方に戦勝祈願するのや。お前らはここに居れ」

「ンなことできまっかいな」

こら、そうとう頭に血ィのぼってはる、とぶつぶつ言いながらも、皆は妙海の後に従った。


能勢騒動の記録『水野文書』によれば、鎮圧部隊は、摂津と山城の国境い、棒鼻（表示棒）の前で一揆勢を阻止したという。

この一隊は、大坂の鈴木町代官根元善左衛門の出張勢だった。大坂町奉行所になぜ代官所が、と奇妙に思う向きもあろうが、摂・河・泉三州の幕府領も奉行所の管轄にあるため、その要たる代官所は大坂市中、鈴木町と谷町の二ヶ所に設置されていた。

代官所の人数などは、たかが知れている。一揆勢、都を目差すとの報を受けて、十人ほどの小人数で山道を見張っていると、未明に大勢の昇って来る気配がある。

根元の下に附いた元締の水野正大夫という者が、動揺する配下を叱咤（しった）して、その場に折り敷かせた。

「奉行所の主力は、未だ到着する気配がない。我らが、ここを守るしかない」

この男は、江戸育ちであるため、言葉は関東弁であった。

「一揆どもが都に乱入すれば、大塩の乱の二の舞ぞ。王都が焼ければ、公儀の面目は丸つぶれ。ここは是が非でも押し止める」

附近の木を切り倒し、簡易の柵を振った。この時、鉄砲は僅かに五挺。しかも、代官所の所有物ではない。記録によれば、その年二月に代官所が懇意にしていた出雲松平家蔵屋敷から借り受けて、大塩の乱鎮圧後もそのままになっていた堺筒であった。

しかし、元締の水野は乱の際に銃撃戦を経験している。五挺の銃でも効果的に用いる技を出雲藩兵より伝授されており、交戦には自信を持っていた。

「銃撃は、見敵即倒(けんてきそくとう)。敵を見たら、ためらわず先に射て。弾込めは早合(はやごう)のみにせよ。射手は火縄を絶やさぬよう。発砲時、隣の銃に火がかからぬよう、充分に間を開けよ」

などと、水野は絶えず配下に命じ続けた。彼も内心は恐しかったのであろう。

代官所の兵は命令通り、一揆の先鋒が見えた瞬間、その旗を狙って発砲した。

竹槍を構えた百姓数名が、山道の昇りきったところで即死した。この銃声が、泡界たちのいる中軍に伝わったのである。

小半刻もせぬうちに、一揆方の猟師も代官所方に「つるべ射ち」を開始し、ここに巡手な戦闘が始った（別の史料には、代官所方も猟師を加勢させ、つるべ射ちで効果をあげたとあり、このあたりの記録は混乱している）。

泡界たちが現場に着いた時は、銃火の応酬も小康状態になっていた。

猟師たちは遮蔽物を作るため、峠の木を切り倒して、その陰に潜んでいる。

「どうだ、様子は」

泡界は、猪助の脇から前方を眺めた。火縄の灰を口で吹きながら、猪助はいまいまし気に言った。

「テッポの狙い方も知らねえ五郎八どもと思うたが、戦い方を知っとう。こっちゃは三人ばかりやられてもうた」

近くの根方に並べられた骸（むくろ）に目をやった。

「中の一人は、わいにテッポ教えてくれた同じ村の爺さまや。仇は討たな、ならん」

「ほう、それほどの名人が向うに」

いるのか、と泡界は、老猟師の死骸に片手拝みし、その遺品とおぼしき銃を拾いあげた。

「坊（ぼん）さん。やる気でっか」

銃身の照門に付いた泥を指で弾く泡界を見て、猪助は驚く。

「これでもな。大塩中斎仕込みだ。お前さんたちにも引けは取らん」

そう言うと、銃口から槊杖（さくじょう）を差し込んでみた。銃底に弾丸の当る感触があった。

「弾は良しと。さて、口火薬と火縄をくれ」

猪助が無言でそれらを差し出すと、泡界は口火薬を入れて火蓋を閉じ、火縄を装着した。

「その、村の爺さまを射った敵は、どこら辺だ」

と尋ねれば、猪助は坂の一方を指差す。自然木の柵が途切れるあたりに人影が見え隠れしている。

「猪助どん、後を見張っといてくれ。おれの師匠が昇って来たならば、何とか押し止めておいてくれ」

「なぜだす」

「おれは坊主だからさ。殺生が師にバレたら、破門される」

冗談とも本気ともつかぬ言葉を吐いた泡界は、銃を構えた。

初弾から当てるつもりはない。火縄銃にはそれぞれに銃の癖というものがある。まず射ってみなければ、それがわからない。特にその老人の銃は象鼻(ぞうはな)(銃把)が大きく、慶長頃に造られた古銃のようだ。

「次弾を即、込められるように用意を」

と言って、遠慮会釈も無く、初弾を放った。

敵の柵に弾着の木クズが舞った。

(やはり、左上に外れるか)

猪助が用意する弾と火薬を手早く込める。新しい切り火縄を受け取り火挟みに装着した時、向うも射って来た。

泡界の脇腹数寸のところを鉛弾が通過し、味方の猟師たちが伏せた。が、泡界は微動だにせず、火蓋を切った。

銃口を心持ち右下に下げて、引き金をそっと落とす。火挟みが火皿に落ち、顔の横に火柱が立つ。

轟音と白煙が前方に吐き出された。

木柵の向うに人の倒れる気配があった。

「南無阿弥陀仏」

泡界は念仏を唱えた。殺生を事とする往時の僧兵もこういう心持ちであったのかと、微かに思った。

仲間を射たれた役人たちは、仕返しとばかり盛んに発砲を開始する。再び遮蔽物の木の葉が舞い散り、口径の大きな弾丸が風を切る。

その頃になって、ようやく妙海たちが坂の途中までやって来た。

「きつい昇り道や。しかし、これは激戦やな」

ぷすりぷすりと地面にあがる着弾の土煙に目を凝らし、ついで味方の死骸に手を合わせると、

「どや、戦況は」

鉄砲を隠してそ知らぬ顔の泡界に尋ねた。

「敵は硝煙の用意も充分。早合を用います。こちらの猟師は、一発ずつ計り込めなので、射ち合いとなると不利ですな」

「たしかに、こちらが一発放つ間に、向うは三発ほど放ちよる」

「奉行所代官所も、大塩の乱で多少頭(つむり)が良くなっておるようで」

「どうやら、この峠越えは諦めた方が良いようや」

妙海は敵方が布陣する尾根を指差した。東と書かれた旗が見え隠れしている。大坂東町奉行所の援軍が到着したらしい。

「いったん逃げるで」

妙海と配下の刷り師どもは、倒れている猟師たちを担ぎあげると、退却に移った。

「わいは残る。皆が去(い)ぬる間、刻を稼ぐ」

猪助は蝿でも追うように手を振った。こ奴、死ぬつもりだと泡界は思ったが、あえてそのままに放置した。

泡界たちが坂道を転がるように走り出すと、背後からたて続けに銃声が聞こえた。


この合戦の直後、代官所元締水野は友人の石見国大森代官所役人熊谷三左衛門という者に、手紙を出している。その中で、

「自分は槍で武装し、一揆勢の『要害』に一番乗りを果した。敵は総崩れとなり、『頭取や百姓』を次々に捕縛して武功を表わした」

と語っている。内容に多少の潤色はあるものの、この峠の戦いが代官所の僅かな鉄砲によって勝敗を分けたことは本当であろう。

山の下に戻った泡界らは、京への道が閉ざされたことを大将の大助に告げた。

大助はその時、菜粥に梅干を混ぜていたが、その箸をぽろり、と取り落した。そして無念の涙を流すと、

「天子様に直訴はかなわぬか。天朝の軍勢となることかなわぬのか」

手にした椀を捨てて立ち上った。

「されば第二の策や。軍を反転して西に向う。摂津三田(さんだ)に入って山陽道、丹波路を扼(やく)し、一揆をさらに膨らませてくれん」

胴丸の腰に差した鎧通しを抜いて、己れの元結を切る。大助はザンバラ髪の凄じい姿となった。

「者ども、西や、西や」

ちょうどそこに索いて来た略奪品の農耕馬に打ち跨るや、よたよたと進み始めた。その姿は、京で売られる泥人形の騎馬武者に似ている。妙海が呆れて、

「ついに武者狂いしよったなぁ」

と言った。泡界は黙って硝煙まみれの顔を手で拭った。

それからがまた大変だった。能勢の中央部には未だ一揆勢の後衛がぐずぐずしている。これらに伝令を走らせて軍の先鋒に改めたが、村々で略奪した物資を運ぶ彼ら荷役を戦いの前面に立てるには無理があった。

「こりゃ、どっかで軍を編成し直さんと、あかんわえ」

妙海が危うさを説くが、悩乱している大助には通じない。ようやく能勢の西南、三草山（みくさやま）のあたりで東から退く百姓らを集めてみると、千人ほどに減っていた。

京に行けぬとわかって皆士気を落とし、家に戻ってしまったという。

「も一度、檄文を刷って村々にまわしまひょ」

と刷り師たちが提案するが、妙海は首を横に振った。

「三田の城下で撒けば何とかなるかもしれんが、能勢ではもう人集めは無理やな」

彼らが足を止めた三草山の山麓は、源平の戦いで、源義経が一ノ谷に向う途中、平家の軍勢を打ち破った古戦場である。

「ここは勝運の付く土地や」

と、大助たち一揆の指導者たちは、その先の杉生という場所で身体を休めた。

山の中のことでもあり、奉行所の鎮圧軍はたちまち一揆方の主力を見失った。

この頃、梅原孫太夫と天王寺一家の者どもが、ようやく西宮から宝塚の湯本に着いて草鞋を脱いだ。

全員が白装束で笈（おい）を背負い、何処かの行者に紛している。

湯本の村に、湯治客の姿は無かった。周辺では、能勢の一揆に呼応する貧農たちの打ち壊しが頻発し、のんびりと湯に入る酔狂者などいるわけがない。

「わしらは、こういう者や」

天王寺小兵衛が宿の亭主を呼び、奉行所の手形を見せた。

「御用向きで、一揆の動静を探ってる。今はどないな塩梅（あんばい）や」

と尋ねた。この時代、どこの土地でも湯屋（ゆうや）と髪結い床は、御用の筋と密接な関係にある。

「何や、あんたらもその筋かいな。いや、な。数日前から徳政を言い立てる小前（小作）の者どもが、元湯の小屋に火ィつけたりして暴れよる。うちらも用心してな。宿の湯屋番を物見に放ってまンのや」

「それで、何がわかったか聞いとるんや」

小兵衛がドスをきかせると、亭主は身を縮めて答えた。

「山田屋の大助めは、鎧着て村芝居の武智光秀（たけちみつひで）気取っとる。今は杉生の辺にいて、摂津三田の御城下を窺うてるいう話だすわ」

と正確な情報を口にした。

「それ、誰か他の御用聞きに伝えたか」

小兵衛が睨むと、亭主は大きく手を振った。

「誰にも言うてまへんがな。新聞(あらぎ)きだっせ」

「それを他に洩(も)らすなや」

小粒を握らせて亭主を去らせると、小兵衛は、傍らに座った孫太夫に言った。

「残念でっけどな。ひと風呂浴びる暇は、おまへんで」

「そのようやな」

孫太夫は愛用の短筒を懐ろから抜き、ぼろ手拭いで磨き始めた。

「日が落ちたら、夜道をたどって、杉生というあたりまで出よう。噂では、山田屋は身近に鉄砲遣いを集めているらしい。そ奴らに気取(けど)られんように近づき、大助を」

小兵衛の顔に銃口を向けて、引き金を引いた。むろん火縄も口火薬も付けていない。が、パチリという音に、小兵衛は目をつぶった。

いずれ殺そうという男から銃を向けられ、流石の小兵衛も良い気はしない。

「天王寺の親方、どないした。顔色悪いで」

「あたり前だんがな。あんさんほどの手練れから狙われたら、空の筒でもええ気持ちはせえへん」

小兵衛の言葉に、孫太夫は銃口を宙に向け、げらげらと笑った。その姿を、ソメ権は呆(ほ)うけたような眼で眺めている。

一揆勢が次の目標と定めた摂津有馬郡三田は、現在の兵庫県三田市。古来松茸の集産地としても知られている。

この地の領主は戦国時代、海賊大名として名高かった九鬼（くき）家だ。江戸の初め、この家は家督相続の問題から海辺の旧領を取りあげられ、二家に分裂。その内のひとつが三万六千石をもってこの地に移った。

「なあに、昔はどうであれ、ここ二百年ほどは山奥の陣屋大名や。武士の数とてたかが知れてる」

軍議の席で大助は、三田の実情を語った。

「当代の和泉守（隆国）は、江戸城奏者番（そうじゃばん）や。分不相応な役で、銭がかかる」

奏者番は幕府の儀礼を司る。持ち出しの多い役まわりで、藩の懐ろは火の車という。隆国の父精隆（きよたか）の代にも、三田城下で大規模な百姓一揆が起きている。

「三田の陣屋を焼き払ったら、古城に本拠を定め、檄文を撒いて近在の庶人を集める。天朝軍を組み直し、再び京を目差す」

と大助は夢語りするような口調で言った。三田には九鬼氏が入部する以前、有馬家二万石の城があり、今は廃城になっている。

軍議が終って野営地に戻る道すがら、妙海は泡界に問うた。

「どう思う」

「浪花言葉で申すなら……」

泡界は、つまらなそうに答えた。

「……頭にウロが浮いた、という話ですな」

「左様な。大塩の中さんと同じや。山田屋大助、武者狂いしよった。こら、ええところで身を引かんと、わしらも大変なことになる」

顔をしかめる妙海に泡界は問う。

「師の御坊ならば、この一揆、どのように収まれば最良と思われますか」

「そやなあ、しばし能勢の地に割拠して公儀の兵を山の中に引きずりまわす。長期戦に持ち込んで善戦すれば、噂を聞いて諸国に一揆が続発する。頃合いを見て指導層は逃亡し、百姓衆は口を拭って在所に戻る。楠木正成はんと同じ戦い方や」

「山田屋大助は真面目一徹、融通がきかぬ。そのような軍略は、まず受け入れますまい」

「残念やなあ」

妙海は嘆息し、弟子に言った。

「明日あたり、ここから抜けるか」

「はい、皆にもそう心積りさせましょう」

しかし、事はそううまく運ばなかった。

早朝、野営地の焚き出しに、あくびを嚙みしめながら並んでいると、

「大変や、大変や」

またしても使番役の百姓が、泥足を蹴立てて走り込んで来た。泡界が引き止め、

「今度は何だ」

「三田の九鬼勢が押し出して来よった。鎧兜に身を固めた、ほんまもんの軍勢や」

「総大将にこの事は」

「山田屋はんは、早や御出陣や。皆も飯食うとる暇はないど」

「そら、事や」

身仕度を整える者、竹槍の先を火で炙る者で、あたりは騒然となった。

時を移さず谷合いに銃声が響き、それに被って遠雷のようなものも聞こえてくる。

あとでわかった事だが、これは三田陣屋から引き出された大砲の発射音だった。

一揆の先鋒が、三田城下から僅か二里の地点に達したと報告を受けた三田藩では、家臣の子女雑人に至るまで武装を命じた。

この時、藩主隆国は江戸にいる。留守居役自らが武器庫の封印を切り、

「我らは天正の昔、織田右府のもとで毛利水軍を破り、朝鮮の役では李舜臣と互格に戦った名誉の家ぞ。やわか百姓の一揆なぞに、御領地を踏み荒されてなるものか」

かつて海戦に用いた虎の子の仏郎機砲一門を担ぎ出させた。二百年経てもこの家は海賊大名の誇りを維持している。

一方の山田屋大助は土地の者ながら、三田藩のこうした気風を全く理解していない。

「たかが陣屋の大名。ひと捻りや」

江戸時代の庶民感覚など、そんなものだ。城も維持できぬ弱少の藩が「陣屋大名」なのである。このあたり二天一流の武芸自慢と言っても、所詮大助は百姓あがりの生薬商人であった。

「奉天命誅国賊」の大旗を掲げ、馬上（たとえその馬が貧弱な肥桶車の索き馬であっても）悠然と行く総大将と竹槍の林は、山間の村々を圧倒した。

この「御軍勢」は上佐曽利から大坂峠を越えて、現在の兵庫県三田市の木器（こうづき）に入った。三田の城下とは指呼の間である。ここで、彼らは三田の藩兵と初めて接触した。道に折り敷いた藩の銃兵が、連射する。前衛の百姓衆が四散し、大助の親衛隊、能勢猟師隊が孤立した。

「放ち返せ」

大助は叫ぶ。一揆方も膝射ちの体で応戦した。相方、道端の倒木や石仏を楯に放ち合い、数人の死傷者を出す。

と、ここで三田藩側は、足軽笠を被った十人ほどの兵を側面の高台へ進め始めた。土俵を担いだ人足たちがこれに続く。

「ありゃ、土壇（どたん）を築きよるで」

「砦でも作って、中に逃げ込むつもりやろ」

猟師たちが嘲笑っていると、その土俵の間から、にゅっと太いものが突き出された。

白煙があがり、のんびりと敵を眺めていた後方の百姓衆が、鎌で稲穂を薙（な）ぐように、ざっと引き倒された。

砲声がその後に聞こえた。始め何が起きたのか誰もわからない。

山田屋大助の馬が驚いて跳ねまわったが、これは小柄な痩せ馬であったため、辛うじて皆が取り押さえた。

背後を振り返ると、感心にも旗持ちは立っている。大助自慢の大旗には、銃弾とは違う大きな穴が幾つも開いていた。

銃撃戦にはさほどの知識が無い大助にも、何が起ったのか察(さっ)しがついた。

(大筒の塵弾(ちりだま)や)

塵弾とは散弾のことだ。大砲の無垢(むく)弾は、大型の目標物にしか威力を発揮しない。しかし、塵弾は広範囲に広がって集団を殺生する。

「旗を降すんや、旗を」

それが敵の目標になっていると悟った大助は、大声で命じた。しかし、遅い。

二発目の発砲で、旗と旗持ちが消し飛んだ。旗持ちの百姓は五間ほども後に弾かれて、息絶えた。

「退け、退け」

大助は鎧の袖を振る。その時、胴丸の合わせ目に一発被弾した。これは塵弾ではなく、四匁五分の小銃弾だったという。

たまらず落馬するところを、百姓の一人が抱え起して後方に退かせた。

そうとも知らず泡界たちが前衛を追っていくと、追分けのあたりで後退する味方の百姓衆と行き会った。たちまち、混乱が起った。前方からは盛んに銃声が聞こえてくる。

「もう前には行けへんで」

「陣屋のガキどもが、たいそうなもん、放ちよる」

と叫び散らす一人の胸ぐらを、泡界はつかんで問うた。

「大将は、山田屋は」

その百姓は半泣きになりながらも答える。

「大将は、北の方に逃げなはった」

「北のどのあたりだ」

「さあ、手疵負うとるから、そう遠くには行けへんやろ。もう放してくれ」

泡界の手を振り切ると、百姓は後方に逃げ去った。

「どうします」

泡界が尋ねると、妙海は逃げまどう人々に視線を向けて言う。

「乗りかかった船や。山田屋の最後ばかりは見届けてやろやないか」

「しかし、行く先が不明では」

「このあたりは山家なれども、蓮生寺やら笹寺やら古寺が多い。そのどれかに逃げ込んどるのは確実」

妙海は、竹槍の散乱する別れ道を右手に向った。この老僧には独特の勘がある。


梅原孫太夫一行が木器村に到着したのは、直後のことだ。

「大筒いうもんは、えらいもんだんなぁ」

天王寺小兵衛が、茂みの間から、泥亀のように首を伸ばした。

「モリソンとかいう異国船も、あれで逃げよったそうな。流石、九鬼家は水軍の末裔や」

火術家でもある孫太夫は、興味深そうに高台の仏郎機砲に目を凝らした。小兵衛が少し焦れて、

「しかし、困りましたで。せっかくここまで来て足止めとは。三田の奴らに、山田屋の首持っ

て行かれます」

「そやなあ」

「何をのんびりと。下手すると、わいらも一揆の仲間と間違えられて、十把ひとからげに首はねられてしまいま」

心配そうに小兵衛が言うと、孫太夫は余裕あり気に笑った。

「お前の目は木の虚か。最前、あそこの道で大仰な鎧武者が射ち落されるとこ見たやろ。あれが大助や。すでに手負うてるから、行く先は半ば決ったようなもんや」

「へ、わかりまんのか」

「落武者の行く先は寺、と相場が決ってる」

ここらの寺をシラミつぶしに調べろ。ぐずぐずしてたら、それこそ三田の藩兵に手柄横取りされる、と孫太夫は言った。

「梅原サン、相変らず冴えてまゝな」

感心する小兵衛を無視して、孫太夫は、ソメ権に向って顎をしゃくった。

「権、お前は先を走ってな。逃げる一揆の百姓どもに混り込め。そこでいろいろ聞き込むんや。わしも後で追いつく」

ソメ権は一揆方に、他の子分どもは寺探しと役割を決めて、思い思いの方角に走り出した。

彼らを見送った孫太夫は小兵衛に、

「さて、わしらは、三田の兵が何処に向うか、見定めてから動くことにしようや」

この男の興味は今のところ、高台の土壇から砲身を突き出す年代物の仏郎機砲にあるようだった。

山田屋大助は、人々に抱えられて畔道を歩きながら、

(大塩平八郎先生も、このような気分で敗走したのか)

と思った。崇拝する人物と同じ体験をすることで、手負いの苦痛を僅かに忘れることができた。

行くほどに、ぽつりぽつりと雨滴が顔にかかり始める。朝から怪しい雲行きであったが、ここに来てついに降り始めた。

「泣きっ面に蜂やなあ」

くっくと大助は笑い、自分を担いでいる百姓の一人に問うた。

「このあたりにある一番大きな寺は」

「へえ、二町も行けば興福寺さんいうのがおます」

「そこへ案内してや」

大助は求めた。百姓がためらう素振りを見せると、彼は痛みを堪えてくっくと笑った。

「心配すな。今のとこ自害する気は無い。寺ならば、敵が来ても防ぐことができよう」

「へえ、あれが興福寺さんの山門で」

森の向うに門と石段が見えた。一同は、苦労してその石段を昇り、境内に入った。

本堂の戸を開けたが誰もいない。経巻や仏具が散乱している。ここも一揆勢の略奪にあったようだ。

板敷に大助を座らせ、そこで鎧を脱がせた。胴の操り締めを解くと、脇からざっと血が滴った。

「どうやら弾は抜けてるらしい」

皆が大助を横に寝かせようとすると、彼は待った、と座り直した。

「胴の鉄砲疵は、横になってはいかん、と物の本で読んだことがある」

「では、わてェらは、薬でも探しまひょ。これだけの寺。何かあるやろ思います」

一同が庫裏の方に行ってしまうと、大助は鎧の胴にもたれかかっていたが、痛みのため、ついに気絶した。

妙海が寺に入って来たのは、半刻ほど後のこと。外はどしゃ降りになっていた。

「愚僧の勘も未だ衰えず」

ずぶ濡れのまま上り込んで、手にした布包みを土間に放った。

「イタドリ、ヨモギ、雪の下……。途中、傷薬が必要と思い摘んできた」

「ありがたやの」

大助の配下が鉢やスリコギを使い、血止めと痛み止めの汁を搾った。みんな生薬問屋山田屋の手代あがりで、これは手慣れたものだ。

「御坊、皆はどうしてござろうや」

大助は苦しい息の下で、妙海に味方の様子を尋ねた。

「あらかた杉生の村まで引き退いたようや。三田藩兵も、動きが止まった。雨で火薬が湿って、テッポもよう放てんさけ」

一揆方大敗走とも言えず、妙海は当りさわりの無い返事をした。大助は薄目を開けて、

「そういえば、御弟子の、ほれ何とかいう艶談のうまい……」

「ああ、泡界かえ」

「その泡界さんの姿が見えぬが」

「この寺を守る人数、集めに行かせた。ついでに敵方の動きも見張らせてる」

「何から何まで御手間をとらせる」

大助は無理に身体をねじ曲げて、頭を下げた。刹那、彼は咳込み、僅かながら血を吐いた。

(弾は抜けたそうなが、疵口の血が腹に留り始めたか)

妙海は、あわてて大助の背をさすり、下血用の青汁を飲ませた。

12　明け烏(からす)

泡界は、豪雨の中を駆け巡って声を枯らした。

しかし、百姓らは沿道の家々に身を寄せ合い、動こうともしない。皆、三田藩兵を恐れていた。

「腑甲斐無(ふがいね)え奴らだ」

山合いに焼け残った大百姓の屋敷を見つけると、中に飛び込むなりわめき散らした。

「やいやい、お前ら。勝ってる時は鼻歌混りで竹槍踊り。負けりゃのんきに雨やどりか。それ

が一度は天朝軍を名乗った能勢一揆か。恥を知れ」

豪農の家は内部が広い。小作の家なら丸々一軒入るであろうその土間には、逃げ込んだ四、五十人あまりの男たちが、漫然と腰を降していた。

泡界がずかずかとそこに踏み込むと、中の一人が迷惑そうに顔をあげた。

「坊(ぼん)さん。このどしゃ降りの中、蓑笠(みのかさ)つけず出て行くのは阿呆のドンケツや。一体、大将がどないしたいいまんね」

(おや、こ奴、能勢の訛がない)

一瞬、泡界はそう感じたが気が急(せ)いている。

「山田屋大助どんは、この先の寺でな。手疵を癒してなさる。雨があがったら、敵が攻め寄せてくるだろう。大将の危機を救わねえで、何が名誉の軍勢か、と俺は言ってるんでえ」

関東弁でまくし立てると、そ奴はちょっと首をひねって、

「ほなら、わいらはその寺とやらに入って大助はんを守ったら良ろしいのか」

「そうだ、今、寺には味方がひと握りしかいねえのだ」

「人集めなら、最初からそう言えば良ろしいのに。鼻先でやいのやいの言われたら誰かて嫌な気ィしますわ」

行者姿のその男は、旅拵(たびこしら)えの脇差をさしていた。泡界をたしなめると、後に座った男たちに顔を向けて、刀の柄を叩き、

「こういう次第や。みんな、もうひと踏ン張りしてみよやないか」

と声をかけた。疲れた表情で皆が立ち上ると、あ、いやとそ奴は手で制した。

「年寄り、子供、里に家族残して来たもんは来んでええ。脇差ダンビラ差したもん、本身の手槍を持ったもんだけ、参加せえや」

と言って十人ほど選んだ。

「これで良ろしいか」

「う、うむ」

気圧されて泡界はうなずく。完全に指揮のお株を奪われた彼は、土間の片隅に集めた志願者へ、戦いの心得を教えるのが精一杯だった。それが終ると、行者姿のその男に向って、

「お前さん、物慣れてるな。名は」

「へえ、捨吉と申しまス。妙見さんにお参り途中で、一揆に加わった者でおまッ」

「そうかい。それで」

その風体、その言葉かと泡界は納得した。

この捨吉と名乗る行者こそ、天王寺一家のソメ権である。敗走する大人数に紛れて、この屋敷に潜り込んだところ、思いもかけず情報が向うから飛び込んできた。

(風体から見て願人らしいが、もしやこ奴が噂の大塩残党か)

まさかこの坊主頭が孫太夫と因縁ある者とまで、ソメ権も見抜けない。

「雨が小降りになった。行きまひょか」

「そうだな」

十余人の加勢は、三田藩兵の動く前に、と急ぎ足で興福寺に向った。

この時、時刻はおおよそ七ツ半(午後四時頃)。

る。

秋の日はつるべ落しというが、雨空で山合いのことだ。あたりはすでに薄暗くなり始めてい

雨上りを待ち、三田藩兵は木器村の外れまで進出した。

「逃げ遅れた敵が、そこら中に隠れているぞ。用心してかかれ」

三田藩砲術方の志摩軍兵衛は、配下に注意を促した。

実際、軍兵衛が敵の遺棄死体を数えていると、中の一人が突然起き上り、竹槍を突き出してきた。心得がある彼は、避けざまに抜刀して、斬り捨てる。

足軽たちが駆け寄って、その曲者に槍で止めを刺した。

「こ奴、長く泥の中に伏せて機会をうかがっていたか」

武士にも負けぬ気骨の者、と感心して野良着姿の死骸を探った。

「やはり、持っておるな」

泥にまみれた守り袋の中に、大塩残党の檄文が入っていた。が、その細い文字まで読むことはできない。

「暗いな。高張提灯を立てよ。先鋒の者には松明を配れ」

路上に九鬼家巴紋の提灯が高々と掲げられた。その光の下に転がる一揆方の死骸を、藩兵たちは片端から槍で突く。時折、低いうめき声があがる。それは未だ息のある者がいたことを示していた。

「止めは正しく刺せ。草むらに隠れた死骸とて見落すな」

あれこれ指示する軍兵衛のもとに、二人の兵が駆け寄った。足軽らしいが陣笠も被らず、小具足姿。これは物見役らしい。

「一揆の主力はいずれか」

「およそ五百ほどが、雨を避けて各所に潜伏。多くは大坂峠の方に」

報告を聞いた軍兵衛は、しばし思案し、

「能勢に引いたか。しかし、首謀者山田屋は、手負いだ。おそらく峠を越えられまい。御苦労だが、沿道の屋敷、寺社などをも一度探ってくれ」

「心得ました」

物見が去ると、軍兵衛は再び死骸改めの作業に戻った。

小半刻ほど経った。

その頃、人数を整えた泡界が興福寺の山門を潜った。初めの十人が途中、仲間にはぐれて彷徨(さまよ)う百姓らを誘って、その勢三十名ほどに増えている。

境内に妙海が立っている。弟子の顔を見るなり、駆け寄って袖を引いた。

「ちと、会うて欲しい者らがいる」

と言う。本堂の端に行くと、鎧櫃を抱えた男たちが屯(たむろ)していた。

「三田の一揆衆というのやが」

妙海は、ささやいた。能勢衆に呼応して蜂起しようとした三田領の百姓衆という。泡界が挨拶すると、彼らは蹲踞(そんきょ)の姿勢で左拳を地に付けた。芝居に出てくるような戦場の会釈である。

「我らは有馬百姓でござある。大塩残党、三田城下に迫ると聞き、合流せんとここまで来た者でござる」

有馬百姓は寛永十年、九鬼氏が三田に入部した折りに、旧領主有馬氏から離れて帰農した下級武士の末という。以来約二百年、九鬼氏を「海の者」と呼んで密かに嫌い、一揆となると跳梁(ちょうりょう)しては悪名を轟かせてきた。

「此度、大助殿より檄文を受け取り、三田城下占拠の先導を成さんとて、ここまで来てみれば、御味方撤収。頼るところ無く、この寺に参って候」

「それは気の毒なこと」

武士言葉で応じる泡界に、中の一人が応じて、

「我らこうして先祖伝来の具足も持参してござる。これをまた持ち帰るかと嘆息しきりのところ、思いもかけず大助殿の本陣に行き会い、軍師の御上人に参陣を許され申した」

「それは、それは」

と泡界は答えるしか無い。妙海が脇から口を挟んだ。

「こちらは、九鬼家といろいろ確執がお有りのようや。ありがたいことに、テッポ持参。兵糧もお分け下さったわえ」

たしかに庫裏から味噌を煮る匂いが漂ってくる。

「量はそう多くないさけ、一人一椀ずつや。みんな並んで食うてくれ。食い終えたら、寺の警護やで」

妙海はそう言うと、泡界の連れて来た人々一人一人の手を握り、御苦労さんと声をかけていった。

しかし、泡界が行きかけると、老僧は彼の耳たぶを引っ張った。

「こりゃ、弟子よ。また、妙なもん引っ摑んで来おったな」

「師の御坊もお気づきでしたか」

「あの、捨吉とか名乗った奴。密偵の臭いがぷんぷんするわえ」

「怪しいが、使える奴です。人集めもうまい。もし尻尾が見えたら、その時は片付けます」

「そうは問屋が卸すかいなぁ」

弟子の甘さに肩をすくめた妙海は、庫裏に並ぶ「捨吉」の背に目を向けた。

「あ奴、懐ろに重たいもん呑(の)んどるがな。おそらく短筒やろ」

「えっ」

「お前、見抜けなんだか。近頃不覚悟やで」

老僧は舌打ちする。


一揆勢は六十人ほどに増えた。鉄砲は十二挺これを寺の正面と側面に置く。背後に控えた山にも二挺ばかり登らせたが、それは見張りの合図用とした。

(それにしても、じり貧の策ではないのか)

籠城は外部の援助が期待できてこそ、初めて効果を発揮する。ただ意味なく立て籠っても、いたずらに鎮圧軍を集めてしまうだけだろう。

(師の御坊は、全員討ち死にして、天下に叛軍の名のみ高めようなどと)

やぶれかぶれの策を立てているのではないか、と泡界は危惧した。それをそっと尋ねると、

「今な、手の空いた者を裏山に昇らせて、藤蔓集めさせとる」

「何に使います」

「畚を編ませる。まあ、山駕籠の代りやな」

畚は、縄を網状に編んで四隅をつなげ、木や石などを入れて運ぶ道具だ。

「山田屋をこれで担いで、間道を逃げる。道無き道を行くには、これが一番や」

「大助どんは、ここで自害するのでは」

「誰がこんな寺で、自害なんぞさせるかい」

妙海は少し怒ったように言った。

「首謀者が生きてさえいれば、いや、死骸が出て来なければ、公儀はいつ再びそ奴が一揆を起すかと、びくびくするわな。大塩さんの例かてあるやろ」

「『死せる孔明、生ける仲達を走らす』の策ですか」

「それでわしらの刷る檄文も、威力を保ち続ける」

「大助どんはこの策を」

「最初は、しきりと死にたがってたが、ようやく納得してくれたわ」

妙海は、そう言い捨てて庫裏の方に戻って行った。

三田藩の物見足軽は、こうした寺の様子を垣間見し、木器村の陣へ駆け戻った。

「境内に、大勢の蠢めく気配。山門脇には夜目にも鮮かに、火縄の火が並んでおります」

「守りが固いか」

志摩軍兵衛は、そこに首謀者大助の存在を確信した。

「絵図を作れ」

物見にその場で寺の周辺を描かせると、包囲の手配りをした。

「夜討ちで寺を落す。一息で決着をつけてやろう」

三田藩兵は動き出した。田の畔を行く灯火の列を見て、潜んでいた孫太夫と小兵衛も、忍び出た。

夜討ちの事とて途中、志摩は兵の松明を踏み消させた。尾行（つけ）ていた小兵衛は焦るが、孫太夫は気にもしない。

「藩兵は具足をつけてるから、耳を澄ませば音がする。切り火縄の火も見えるやろ」

「なるほど、蛍が飛んでるようでんな」

距離を保って小脇の道を付いていくと、興福寺近くの分れ道で偶然小兵衛の子分らと行き会った。

「この暗がり、よう会えたものや」

「わしら、ソメ権の兄（あに）さんの後、つけました。兄さんうまいこと、一揆に潜り込んで、今は寺の中だす」

「やりおるのう」

一家の腕っこきを選りすぐっただけに、皆良く働いてくれる、と小兵衛はうれしくなった。

興福寺でも、三田藩兵が持つ火縄の列には気づいていた。

「阿呆やなあ。あれで気配消したつもりか」

山門にいた猟師の一人が銃を持ちあげ、そのひとつに狙いを定めたが、

「まだまだ」

泡界が止めた。

「頃合いにあらず」

有効射程のことではない。未だ畚が編み上っていなかった。大助を担ぎ出す前に戦闘が始っては、都合が悪いのである。

「師の御坊、敵は数町まで迫りましたぞ」

泡界が本堂へ報告に戻ると、布団にくるんだ大助の身体を、畚に乗せつけていた妙海が、

「どや、うまく造れたで。これを二人ずつ手代りで担いで行く。峻険（しゅんけん）な山道とて楽に行けよう」

額の汗を拭う。晒し代りの幔幕でぐるぐる巻きになった大助が、苦しい息の下で顔をしかめた。

「俗に『おだてとモッコには乗りたくない』と言うが、まさにこの情けない姿。お笑い下され」

「戯れごとを言えるうちは、まだ大丈夫でござるな」

泡界は苦笑した。畚は、獄に収容した病いの罪人を溜りへ運ぶ時にも用いる。これは一種の見せしめ刑でもあるという。

「我らが寄手と一戦の間、出来るかぎり遠方へ転退なされよ」

「方々の御厚意」

かたじけない、と大助は頭を下げた。

そうしている間にも、三田藩兵は寺を囲みつつある。

「うまく行っている。否、うまく行き過ぎる」

志摩軍兵衛は、夜目をすかして寺の薄明りを見た。そこへ忍び寄る味方の火縄は、実に良く目立つ。

（山田屋大助が不覚者とて、これが見えぬわけがない）

すでに寺は空か、と思った時、ばーんと側面で銃声があがった。

「誰れが放ったか」

軍兵衛配下の鉄砲小頭が答えた。これは、隠れて見物する孫太夫が射った短筒だった。戦場を混乱させて、その隙に寺へ潜入しようと企んだのだ。

寺側の一揆方も、今はこれまでと発砲を開始する。彼らは木片や袖口で火縄の光を巧みに隠蔽していた。彼我の火点は驚くほどに近い。

「鉄砲の数は、こちらが多いぞ。銃火が見えたなら、そこに三発ずつ射ち込め」

軍兵衛は命じた。とは言うものの手元が暗いため、装塡はまったくの手探りだ。勘で放つから、狙いも不正確になる。

「自分が思うより弾は上に飛ぶぞ。心持ち銃口を下にせよ。がく引きするな」

銃の引き金は、そろりと落さねばならない。興奮して強く引くがく引きは、射手が最も忌むべき行為だ。

せわしなく命じ続ける軍兵衛の声を頼りに、一揆方は弾を集中させた。ついに彼は黙り込んで身を伏せた。

その間に孫太夫たちは寺の塀を乗り越え、中に忍び込んだ。

篝火を消していたが、感心にも境内には見張りが立てられている。その内の一人が、

「外の放ち合いは派手でんな。捨吉はん」

心配そうに近づいて来た。孫太夫も行者姿だ。夜目で見間違えたのだろうが、ようやく見張りは気づき、

「お、お前だれや」

孫太夫はその口を押さえつけると、脇差で腹をえぐった。もう一人の方も、小兵衛が片づけた。す早く死骸を物陰に引きずり込む。

「人殺(や)ったのは久しぶりや。実の兄に手ェかけて以来だすわ」

小兵衛は笑った。孫太夫は、無表情に脇差の刃を袖口で拭う。

「今の奴、『捨吉』と言うてたな」

「ソメ権が使う別名(べつみょう)だすがな。どうやらあれも、上手に潜り込めたらしいが、さてどこに」

小兵衛は、銃撃の増々激しくなる門前を、不安気に窺った。


ソメ権は、畚担ぎの人数に入っている。

妙海は逆に、この表裏定かならぬ男を、目の届くところに置いた方が良いと考えていた。

手近で使ってみると、なるほど泡界の言う通り、無愛想だが小器用に働く。一本二人で担う背負い棒より、二本棒を交差させて四人担ぎの方が楽、と提案したのもこの男だ。

「頭ええな。以前に担いだことがあるゝか」

妙海の言葉に、ソメ権は首を横に振った。が、実はある。晒し者になって四ヶ所に下げ渡された下人見習いの頃、毎日のように千日前から高原溜の小屋まで畚担ぎをさせられた。

「放ち合いが中だるみになった頃を見計らって裏山に昇るのや。ええか」

「へえ」

「わかったら、泡界を呼んできとくなはれ」

捨吉ことソメ権は、本堂に走った。そこには、守備の指揮をとる泡界がいる。

「坊さん、呼んでまっせ」

と声をかけて、担手の姿に驚いた。泡界は法衣をまとっている。

「墨染めは、夜討ちの時に目立たんからなあ」

言い訳するように言う。寺が隠してあった衣装だろう。しかし、イガグリ頭にその法衣は妙に似合った。

(あっ)

ここに至って、ソメ権はようやく気付いた。かって孫太夫が射ち損じ、しきりに悔やんでいた集目清二郎とは、この男ではないのか！

「御所望なら、後で住吉踊りでもおどって見せよう」

「ンなもん見とうおまへん。それより御老僧がお呼びだっせ」

「へいへい」

脱出の用意が整ったと察知した泡界は、そこにいた他の指揮者たちにも、逃げ口の指示を出して庫裏に走る。

「どや、皆納得したか」

「ここで討ち死にするという強情者もいましたが、何とか説き伏せまして」

徹底抗戦を主張したのは、三田領の有馬百姓だった。

「廓(くるわ)の女郎でもあるまいし、死ぬ死ぬとばかりわめいておりましたが、生きてこの義挙を人々に伝えるのも一揆の務めと申しましたところ、皆渋々賛成いたしました」

「上出来や、御苦労さん」

外が再び騒がしくなった。

寄手の志摩軍兵衛は、一向に進展しない戦況に業(ごう)を煮(に)やし、予備の銃隊を投入した。例の仏郎機砲も前面に担ぎ出す。これで山門を射ち崩して、相手の戦意を喪失させようと企んだのだが、砲の装塡を終えた時、

「あっ、山門に火が」

守備の一揆方が、自ら火を放った。同時に銃火も止んだ。

「この機を逃すな。き奴らは火の中で自害する気だ」

九鬼勢進め、進めという彼の姿は、逆光で丸見えとなる。

その時、ぐわんと銃声が至近距離で轟いた。数間先まで這い寄った有馬百姓が、必殺の一撃を見舞ったのだ。

軍兵衛は、泥の中に引き倒された。配下の者どもが駆け寄った。

「だ、大事ない」

心得の良い軍兵衛は、御家流の具足を身につけていた。粘度の高い天竺(てんじく)マイソール産の南蛮胴は鉄砲弾に強い。しかし近距離の被弾で、胸部には大きな窪みが出来ていた。むろん、肋骨(ろっこつ)は破損している。

「お頭手疵。金創医(きんそうい)を呼べ」

古い軍制では、大将が討たれると、指揮系統が一時的に停止する。泡界の狙いもここにあった。

「敵は、敵将のもとに集っている。今が好機だ。行け」

泡界は命じた。側面にまわるより、混乱する正面を押し破る方に利がある、と一揆の者らは一斉に走り出た。

「あっ、こ奴ら」

三田の足軽が射撃するが、あわてているために当らない。

一揆の者らが、うまく敵中突破したことを見届けた泡界は、裏山に走った。

山門の炎を頼りに、踏み荒された草を伝って斜面を行けば、畚を担ぐ人々の姿が見える。そこで一息ついて追い付こうとしたが、

(妙だな)

ふと、背後に人の気配を感じた。それも複数だ。

(三田藩の追手か)

それにしては、気配の消し方がうま過ぎる。泡界はその場に身を伏せて、そ奴らをやり過そうとした。

二人いる。擬装のためか草の蔓をまとっているが、その下の衣装は白い。

（行人姿だな）

と知って、声をあげかけたが、あわてて已れの口に手を当てた。

（行人と言やあ、あの捨吉だ。野郎の仲間か）

鼻先を通り過ぎる二人の男は、暗がりでの足さばき、視線の配りが並ではない。

（三田藩の物見とも思えねえ。山城路でやり合った鈴木町の手の者か。大坂町奉行所の）

と、そこまで考えて、再度瞠目する。

（こ奴ら、火縄の臭いを漂わせてやがる）

火が見えぬところから見て、恐らく胴火筒を所持しているのだろう。しかし、銃砲を手にしている気配は無い。

（短筒持ちだな）

そういえば、捨吉も隠し持っているという。

（何とか、御上人たちに伝える手だては）

今は下手に騒がぬ方が良い、と思案した泡界は、二人の後を尾行した。

獣道は下りとなって、やがて人の行く道が見えてきた。はるか背後に、興福寺の火事が赤く照り映えている。

逃げる者、追う者、それをまた追う者。暗がりの森での無言劇は、まるで芝居のだんまりのようだ。

ふた山越したあたりで先に立ち止ったのは、畚の一団である。

「ここらで一休みしよやないか。先は長い」

妙海の声がする。老人にしては異様な健脚だが、山の高低差には弱いらしい。

「追手の心配は無かろう。松明をつけるか」

火打ち石を打つ気配があり、ぽっと種火が点った。曲りくねった道に座る畚担ぎの一団が、闇の中に浮びあがる。

泡界の目の前で、一人の行者が腰の胴火を取った。す早く火縄を抜いて、短筒の火挟みに装着する。

泡界が止めようと、茂みから走り出た。しかし、遅い。

発砲の光と音が、あたりに交差した。銃弾は畚の中に吸い込まれていく。

泡界は、射手とその背後の男に体当りした。拳を固めて打ち叩いた。

瞬時に二人は気絶した。泡界は、道に向って叫ぶ。

「師匠、師の御坊」

「応、泡界か」

妙海は無事のようだ。

「曲者どもは捕えました」

「そうかえ」

「今、そちらに降りて行きます」

気絶した二人を、泡界は下の道に蹴り落した。

「弾は何処に」

「山田屋に当った」

畚の中の大助は、すでに虫の息である。小粒弾だが、衰弱した身体には致命的だった。

「妙海殿、大塩残党の……方々よ」

大助が弱々しく語りかける。妙海が駆け寄って、その手を握った。

「しっかりせい、能勢の大将軍」

老僧は無駄と知りつつ声をはげました。

「もう、良いわえ。わしは、ここで腹を切る。せめて……武士らしくなぁ」

大助は、目が見えぬらしい。手探りで腰の小脇差を抜こうとするが、その力も無かった。泡界がそれを抜いて手に握らせてやると、

「かたじけない」

ためらいも見せず、自分の腹へ突き通した。最後の力を振りしぼって刃を一気にひき、

「方々、お世話に担いなった……。我が骸は山中にお捨て下され……。願わくば、天朝様の御世再来を……」

大助は言切れた。

「南無阿弥陀仏」

妙海の経にあわせて、一同は大助の遺骸に手を合わせた。

「さて、もう一仕事せんとあかんな」

用意した一本目の松明が燃え尽きようとしている。妙海は二本目に火を移した。

「大将を埋けよう。どっか目立たんところに穴を掘らんと……」

と、まで言って言葉を呑んだ。「捨吉」が松明の火を火縄に移しているのを見たからだ。

捨吉は懐ろの短筒を抜くと、手早く火縄を挟んで銃口を上げた。

「埋けてもええけど、首は貰(もろ)うてくで」

妙海の胸元に狙いをつけた。

「狸め、とうとう尻尾を出しやがったな」

苦笑いした泡界は、恐れることもなく捨吉の短筒に手をかけようとする。が、彼は一歩身を引いて、

「触(いら)うな。おんどれの大事な御師匠さんに、風穴開くで」

「大坂モンのくせに、勘定も出来へんのか。こっちは担ぎ手におれを入れて六人。お前は一人や、一発弾で何人倒せる思とるんや」

妙海が、けらけらと笑った。銃口を伸しつけるようにして、捨吉は命じる。

「ぐちゃぐちゃ、ぬかす坊主やな。おい、泡界坊。そこに気絶してる二人の息、吹き返したれや」

泡界は、仕方なく一人の襟首を持ち上げ、その顔を明りの下に晒した。

「これはお珍らしい。天王寺の親方やないか」

妙海は、流石にこの大坂一の悪党を知っていた。

「すると、こっちの奴は」

泡界が髻を摑んで引き上げる。

「あっ、梅原……孫太夫」

憎んでも余りある、仇の顔がそこにあった。

「早くせい。師匠がどうなってもええのか」

「ちっ、わかった」

「まず親方からや」

泡界は小兵衛の後にまわって、半身を起した。

肩甲骨の、三角が交わる下三寸に膝頭を当て、両肩に手を置く。いわゆる活を入れるというやつだ。

気合いをかけると、まず小兵衛が息を吹き返した。

ぐっと息を詰めた小兵衛は、しばしあたりを見まわしていた。

と、次の瞬間、獣のような声をあげて、目の前の人影に飛びかかった。

極度の緊張下で気絶した者は、目覚めた直後、大暴れするという。

しかし、小兵衛が騒いだのは、運悪く妙海の背後だ。ソメ権は、老僧が自分を襲うと思い引き金をひいた。

短筒から意外に大きな音と硝煙があがった。弾は妙海の耳たぶを貫き、大柄な小兵衛の額に命中した。

「あっ、何んてえことを」

泡界が、ソメ権に飛びついた。ソメ権も、腰の脇差を抜くが、憎悪に燃えた泡界はそれに屈せず組み敷いた。

脇差の刃が法衣の袖を切り裂くが、泡界は刃物を持つ手を片手でねじりあげ、片手で首を締めた。

さらに上へ乗り上がり、両手で首を絞め続けると、「捨吉」は手足を震わせて動きを止めた。

畚担ぎの一人が、見兼ねて泡界を引き離した。

「もう、ええがな。こいつ死んでまっせ」

泡界は、息を継ぎ、あわてて妙海のもとに走り寄った。

「御坊、お怪我は」

「なあに、耳たぶ千切れただけや」

しかし、出血は意外に大きい。

「殺生戒（せっしょうかい）を破ってしまいました」

泡界がうなだれると、老僧は血の染んだ手拭いを押さえながら、

「不覚者」

と言い、道の端を顎で指し示した。

「もう一人は逃げよったで」

そこに転っているはずの、梅原孫太夫の姿が無い。

泡界は宙を睨みつけて、二度ばかり息を吸うと、ソメ権と小兵衛の懐ろを探った。小さな胴乱と小袋を見つけ出し、中味をその場にぶちまけた。

何をする気か、と他の者が息をこらして見守るうち、泡界は未だ銃口から煙のあがるソメ権の短筒を取り、短い槊杖を抜いて弾を込め始めた。

火縄の先を松明の燃えがらに付けて、口でひと吹きすると、立ち上る。

「泡界さん、どこへ」

「も一度、殺生戒を破るのよ」

泡界は答えると、山道を駆け出した。

「御上人、どないしまひょ」

誰かが言ったが老僧は、手拭いから滴る自分の血を確めながら、嘆息した。

「あ奴め、北船場での帳尻を、こんな山の奥で合わせるつもりや。因果よのう」

摂津の山合いは、人の手が入ったところが多い。天領に入ると、それが顕著となる。伐採が進んだ場所には、下生えも刈られた「坊主地」があちこちに出来ていた。

虫の集きが耳を圧するばかりだ。

（秋もたけなわだなあ）

必死に敵の気配を探りながらも、泡界はそう思った。

雲が切れて、合い間から星が見えた。先程の豪雨が嘘のようだ。

（こっちか）

鼻をうごめかせた。火縄の火は見えない。恐らく胴火に収めているのだろう。

しかし、その人肌と混り合った焦げた臭気は誤魔化せない。

（野郎、ここらで決着をつけようという気だな）

泡界は、萱の原にしゃがんだ。殺気のせいか、虫の鳴き声が止んだ。

法衣の袖口で火種を覆っていた泡界は、そこが、ぶすぶすと燃え始めたのを知って、火を叩き消した。

（胴火筒があったな。あれを持って来たら）

　こんなことも無かった。馬鹿の知恵は後から出る、とはこれだと自嘲した。

　一陣の風が萱の原を吹き渡っていく。波立つようなそこに、赤い光がぽつり、と点っていた。

「出て来い、孫太夫」

　泡界は叫んだ。

「間合いが遠過ぎる。勿体（もったい）ぶるな」

　赤い光は僅かに横へ動いた。

「短筒の間合いは、数間と決ってるぞ」

　相手もようやく言い返して来た。

「ああ、わかってるで。北船場の淡路町でおんどれを弾いた時も、一間と距離は無かった」

　動揺を誘うような事を言う。泡界は怒りを押えるために、大きく息を吸い込んだ。

「鉄砲術が不覚悟なお前のために、距離を詰めてやろうと言っているのだ」

　逆に相手を怒らせようと、得意の弁舌（べんぜつ）を用いた。

「堺七堂浜（しちどうはま）の大筒打ちでも、お前は京女の立ち小便だ。あっち飛ばしこっち飛ばし、角（かく）（的）に当ったためしがなかったな。あげく道に外れた讒言（ざんげん）し、塾を足止めになった。公儀の密偵としても不覚悟な奴だ。クズ野郎」

「雑言を並べ立てる奴」

　はたせるかな孫太夫、怒りにまかせて一発放ってきた。

銃声が峰々に谺する。弾は泡界の頭、はるか上を過ぎた。

「それ見よ、不覚者」

萱を掻き分けて泡界は歩み出す。

少し行ったあたりで草の原がまばらとなり、植林地に出た。膝ほどの高さしかない檜の幼木が、整然と並んでいる。その先に火縄の火がある。

相手が再び発砲。今度は肩先一尺ほどに弾の飛翔音が聞こえた。

(弾込めが早い。やはり早合か)

鉛弾と火薬をあらかじめ填めた容器だ。手慣れた者になると、銃尻を地に叩きつけ、弾の自重で銃身に落し込む。槊杖を用いない。

口火薬も一発ずつ火皿に盛るが、取りまわしの良い短筒ならふた息(約十秒)ほどで再装填できる。

が、泡界には、その用意がない。急いで出て来た時に込めた一発弾があるだけだ。

虫の集きが再び高まり、そして、ぴたりと止んだ。

泡界は植林地の端を数歩移動し、どきりとする。数尺先には地面が無かった。真っ黒な谷間が口を開けている。

恐らく、崖崩れであろう。泡界が身を引いた時、火縄の火がすぐ近くに迫っていた。

泡界は短筒を持ち上げざま、引き金を引いた。向うも放ち返す。

交差する銃声に混って、悲鳴があがった。

それは泡界の声だ。

「殺（や）った」

孫太夫は、しかし用心深い。四発目の早合です早く弾込めすると、泡界のものであろう火縄の光を頼りに近づいていった。

呻き声が聞こえる。

「止（とど）めをさしてやる」

闇の中を歩み、檜の若木を掻き分けた。火縄がその枝元に引っ掛かっている。泡界の姿は何処にも無い。

「あ……」

身をひるがえした孫太夫の肩先を、ものすごい力で摑む者がいる。短筒を向ける間もない。互いにもみ合ううち、うまく泡界の手を逃れた孫太夫は、迫り来る敵に銃口を向けようと横へ転げ込んだ。

が、そこに彼の身体を支える地面が無かった。

孫太夫は声もあげず、深い谷間に落ちて行った。

泡界は漆黒の空間を覗き込み、片手拝みすると、枝に掛かった火縄をつまみあげた。

彼方に見える松明を頼りに、彼は妙海のもとに戻った。

見あげれば、星はすでに明け方近くを示している。

「ずいぶんテッポの声が聞こえていたな。殺ったンか」

妙海が尋ねる。

「己れから足滑らせて、崖から落ちていきました。あれでは助からぬでしょう」

「左様か」

生者必滅会者定離……と老僧は大涅槃経（だいねはんきょう）の一節を唱えた。その手は、枯草と泥にまみれている。

「大助はんも、小兵衛も子分も、穴掘って埋けたった」

見ると、他の者も泥まみれである。雨あがりの穴掘りは、さぞ難儀であったろう。

「穴掘りながら皆とも相談したンやけどな」

「はい」

「ここまで連（つ）れ持（も）て（徒党を組んで）来たが、このあたりが潮どきや。別れることにした」

「そうですか……」

「目立たぬよう、ばらばらになる策や。皆同意してくれた」

妙海は畚担ぎの顔を一人一人見まわした。彼らは、石切神社の門前で、御法度刷りに苦労した同志である。

「これからはな。一人一人が刷り屋の大将になる。日ノ本各所で、御政道とやらを引っ搔きまわすんや。おもろなるでぇ」

「師の御坊はいかがなさる」

泡界が尋ねると、老僧は、腹を抱えた。

「ははは、お前、歌舞伎の台詞みたような口をきくな。いかがなさるとてか。わしゃ、暖かいところに行きとなった。年寄りに寒さは大敵やからな」

道に刺した松明の火が、ぴしりと弾けた。

「弟子よ、泡界よ」

「はい」

「お前は、江戸へ行け」

「気が進みませんな」

「お前、西国では目立ち過ぎる。江戸は大坂より人が多い」

妙海は、懐ろを探って、小さな経巻を取り出した。

「江戸には、御宗旨は違うが、わしと肝胆相照らす仲の僧がいる。鞍馬寺大蔵院末触頭の、高林坊いう者や」

「それは、願人頭ではありませぬか」

最底辺の宗教者だ。その頭を頼れ、とは今度こそ辻芸を売り物にする乞食僧になれ、ということか。

「世間は願人を爪弾きするがな。影で大きな力を持っている。役人かてよう手出しは出けん仕組や」

経巻を泡界の手に握らせた。

「これが、わしの直弟子の印。高林坊に見せるがええ。いろいろと融通さかせてくれるやろ」

泡界が経巻を袖口に入れるのを見届けて、大きく伸びをした。

「わしも、もすこし若かったなら一緒に行くところや。なんせ、将軍サマが御座らっしゃる。御政道の腐り具合も、西国とは比べもんにならんさけ。暴れ甲斐がある町や」

「はあ……、なるほど」

泡界は言いくるめられたような心持ちだった。しかし同時に、胸の内からむくむくと活気が沸き出すのを感じた。

松明が燃え尽きようとしている。木々の間で甲高い鳴き声が響いた。

「おう、明け烏（あけがらす）が渡って行きよる。もう朝になるか」

妙海は弟子の肩を叩き、山道をすたすた歩き出した。他の者も思い思いの方向に散って行く。

「さて、おれも行くか。しかし、どうしたもんかなあ」

どう旅をすれば良いのか。関所の通行手形は無い。草鞋一足買う銭すら持っていない。

「無い無い尽しで、どうやって江戸まで」

何気無く懐ろに入れた手へ、固い感触がある。

「こんなもの、後生大事に持っていたか」

投げ捨てようとして、待てよ、と思った。大坂東町奉行所の焼印が、銃把に押されていた。

短筒は御禁制の品だから、裏ではそれなりの値で取り引きされている。

「こいつを元手に、賭場（どば）で稼ぐか」

泡界は、鼻歌混りに歩き出した。


〽えーえ、坊主可愛いや、心底（しんそこ）可愛い、どこが尻やら頭やら——

明け烏が、かあかあと合いの手を入れて、渡っていった。

（了）

本書は書き下ろし作品です。

著者略歴

東郷隆（とうごう・りゅう）

横浜市生まれ。國學院大學卒。同大博物館学研究員、編集者を経て作家となる。1990年「人造記」等で直木賞候補となり、1994年『大砲松』で吉川英治文学新人賞を受賞、2004年『狙うて候　銃豪村田経芳の生涯』で新田次郎文学賞を受賞、2012年『本朝甲冑奇談』で舟橋聖一文学賞を受賞した。その他、〈妖しい〉シリーズや『妖変未来記』など著書多数。

うつけ者(もの)俄坊主泡界(にわかぼうずほうかい)1 大坂炎上篇(おおさかえんじょうへん)

二〇二三年二月二十日 印刷
二〇二三年二月二十五日 発行

著者 東郷隆(とうごうりゅう)

発行者 早川浩

発行所 株式会社 早川書房
郵便番号 一〇一 - 〇〇四六
東京都千代田区神田多町二ノ二
電話 〇三 - 三二五二 - 三一一一
振替 〇〇一六〇 - 三 - 四七七九九
https://www.hayakawa-online.co.jp
定価はカバーに表示してあります

Printed and bound in Japan

印刷・星野精版印刷株式会社　製本・大口製本印刷株式会社

ISBN978-4-15-210216-4 C0093

乱丁・落丁本は小社制作部宛お送り下さい。
送料小社負担にてお取りかえいたします。